2

KNAUR

Im Knaur Taschenbuch ist von der Autorin bereits erschienen:
Château de Mérival. Der Geschmack der Leidenschaft

Über die Autorin:
Julie Briac, geboren 1977, liebt Frankreich von der rauhen Küste der Bretagne bis hin zu den nebelverhangenen Bergen der Pyrenäen und von den Lagunen der Camargue bis zu den Lavendelfeldern der Provence. Dieses Land bietet alles: Genuss, Leidenschaft, Weite, aber auch Geselligkeit. Juliette Briac erkundet jeden Winkel. Auf ihren Wegen quer durchs Land lauscht sie den Stimmen, den Geschichten und dem Leben der Einheimischen, und abends, am liebsten bei einem Glas Rotwein, formen sich ihre Geschichten daraus.

JULIE BRIAC

CHÂTEAU DE Mérival

Der Traum vom Glück

Roman

KNAUR

Besuchen Sie uns im Internet:
www.knaur.de

FSC
www.fsc.org
MIX
Papier aus verantwortungsvollen Quellen
FSC® C083411

Originalausgabe Juli 2017

Ein Imprint der Verlagsgruppe
Droemer Knaur GmbH & Co. KG, München

Covergestaltung: ZERO Werbeagentur, München
Coverabbildung: FinePic®, München/shutterstock
Illustration: Pim/shutterstock.com
Satz: Wilhelm Vornehm, München
Druck und Bindung: CPI books GmbH, Leck
ISBN 978-3-426-51982-0

2 4 5 3 1

1

LONDON

Wie grau war doch der Sommer in London. Es war kurz vor Mittag, und die Sonne hatte die Straße vor Coras Haus noch nicht erreicht. Cora stand am Fenster und verdrehte den Hals, um an den Häuserwänden entlang zum Himmel sehen zu können. Einen schmalen Streifen konnte sie erkennen, doch war es kaum möglich, länger so zu verharren. Statt nach oben richtete sie nun ihren Blick nach unten auf die Fensterbank vor sich und schob eine verirrte blonde Haarsträhne hinter das rechte Ohr. Auf der Fensterbank stand eine kleine Grünpflanze, deren Namen sie nicht einmal wusste. Die Blätter des Gewächses zeigten bereits braune Spitzen und erinnerten sie eindringlich daran, dass die Pflanze Wasser brauchte. Sie seufzte und tappte vom

Wohnzimmerfenster in die Küche ihrer kleinen Erdgeschosswohnung.

Praktisch sei die Lage, hatte sie damals gemeint, als sie hier eingezogen war, musste man doch nicht viele Treppen steigen. Dass man allerdings gänzlich ohne Licht und Luft, dafür aber dicht am Straßenlärm war, störte sie seltsamerweise erst seit vier Wochen. Vier Wochen – so lange war es nun her, dass sie überstürzt das Médoc verlassen hatte. Frankreich schien ihr inzwischen so fern wie der Mond, doch die Erinnerungen an das Weingut der Familie Levall brannten noch schmerzlich.

Sie füllte in Ermangelung einer Gießkanne ein Glas mit Wasser und ging damit zu der kleinen Pflanze am Fenster. Vorsichtig goss sie es über die trockene Erde. Dann stützte sie beide Hände auf das Fensterbrett und starrte wieder nach draußen. Gegenüber in den obersten Fenstern der Häuser spiegelten sich das Blau des Himmels und einige weiße Wolken. Zumindest brauchte man sich nicht den Hals zu verrenken, um das zu betrachten. Sie könnte ja auch nach draußen gehen. In ihrem Stadtteil gab es sogar einen kleinen Park, aber sie verspürte wenig Lust, die Wohnung zu verlassen. Ihre Motivation, überhaupt irgendetwas zu tun, war gleich null. Sie stieß sich von der Fensterbank ab und drehte sich um. Der Fernseher lief ohne Ton. Auf dem Sofa lagen Kissen und Decken durcheinander. Auf dem kleinen Tisch standen leere Getränkeflaschen, angebrochene Kekspackungen und, sie verzog das Gesicht, einige leere Pizzakartons. Sie sollte mal aufräumen. So wie es hier aussah, erfüllte sie ja bereits jedes Klischee des untätigen Arbeitslosen. Unlustig sammelte sie wenigstens die Pizzaschachteln vom Tisch und trug sie zum Mülleimer in der Küche. Dort traf sie der Blick einer schwarzen Katze von einem Wandkalender. »Juli« stand unter dem Antlitz des Tieres. Der Katzenkalender war jedes Jahr zu Weihnachten das Standardgeschenk ihrer Mutter an sie. Eigentlich liebte Cora diesen Katzenkalender, nicht nur, weil er sie an ihre Eltern im ländlichen Buckinghamshire erinnerte, sondern auch, weil sie Katzen mochte. Doch die grünen Augen der schwarzen Katze sagten ihr momentan nicht »Hallo, Liebling, wir denken an dich!«, sondern schienen eindringlich darauf hinzuweisen, dass es schon Juli war, sie somit seit vier Monaten ohne Job war, ihre Eltern dies noch nicht einmal wussten und sie auch sonst in den letzten Wochen einigen Mist gebaut hatte. Sie versuchte, der Katze nicht in die Augen zu sehen, und stopfte energisch die Pizzakartons in den Mülleimer. In der Küche sah es nicht viel besser aus als im Wohnzimmer. Da sie nicht viel kochte und in den letzten Wochen viel zu viel Ungesundes gegessen hatte, was zumeist aus Tüten oder Plastikverpackungen stammte, stapelten sich auf der Spüle nur dreckige Kaffeetassen. Ihr brannte die Kehle. Sie hätte schon wieder heulen können, aber nicht wegen der ganzen Unordnung, sondern weil ihr Leben so durcheinandergeraten war, verursacht von nur zehn Tagen bei im Grunde fremden Menschen in einem fremden Land. Scheiße, Scheiße!, fluchte sie in Gedanken, nahm sich einen Spülschwamm und drehte den Wasserhahn auf. Sie musste jetzt wieder in die Spur kommen. Aufräumen wäre wohl ein Anfang.

Zwei Stunden später sah die Wohnung wieder halbwegs vorzeigbar aus. Cora hatte abgewaschen, den Müll entsorgt und sogar die ganzen Krümel vom Fußboden gesaugt. Nun saß sie auf ihrem Sofa, starrte auf das immer noch tonlose Bild des Fernsehers, war aber mit ihren Gedanken ganz woanders. Wie hatte das nur passieren können? Eine harmlose Weinprobe, die eigentlich auch noch zu einem eher trüben Anlass stattgefunden hatte, nämlich als Abschiedsabend der Redaktion des *East London Guardian*, und ein dämliches Gewinnspiel hatten alles verändert. Sie hatte wie einige andere Mitarbeiter der Zeitung ihren Job verloren – wenig Grund zum Feiern. Wäre Ivy, ihre beste Freundin und Kollegin, ehemalige Kollegin, nicht gewesen, dann wäre sie vielleicht gar nicht hingegangen. Nach dem Essen hatte Pascal Levall, ein Franzose, versucht, den Gästen die Weine seiner Heimat schmackhaft zu machen. In Coras Magengegend zog sich etwas schmerzhaft zusammen, wenn sie daran zurückdachte. Pascal war an dem Abend sehr charmant gewesen, überaus charmant. Und dieser dunkelhaarige Franzose hatte auch noch verdammt gut ausgesehen. Seine maskuline Stimme und der starke Akzent jagten ihr selbst in der Erinnerung noch unwillkürlich einen Schauer über den Rücken.

Das Schicksal hatte seinen Lauf genommen. Cabernet Sauvignon – zwei Worte, die Cora wohl nie wieder vergessen würde. Sie hatte sie samt ihrer Adresse auf eine kleine Gewinnkarte geschrieben und dann diesen Abend und den charmanten Franzosen ad acta gelegt. Schließlich musste sie sich einen neuen Job suchen, und das hätte ihre volle Aufmerksamkeit gefordert.

Statt eines guten Jobangebots flatterte ihr aber wenige Wochen später ein ganz anderes Schreiben ins Haus. Sie habe, hieß es da, ein Stück Weinberg in Frankreich gewonnen, genauer gesagt im Médoc, und sie sei eingeladen, sich dieses Stück Land im Rahmen eines Urlaubs anzusehen.

Cora versuchte, tief durchzuatmen. Die Erinnerungen taten weh. Sie wusste genau, wo dieser Brief lag – in der Küche unter einem Stapel Zeitungen. Sie hatte ihn dort hingesteckt, um ihn nicht mehr sehen zu müssen.

Erst hatte sie das Ganze für einen gewitzten Marketinggag gehalten, doch der Brief war so persönlich geschrieben worden, dass sie die Einladung angenommen hatte. Sie war in ein Flugzeug gestiegen und nach Frankreich geflogen. Das Médoc lag oberhalb von Bordeaux, eine Halbinsel zwischen dem Atlantik und dem Fluss Gironde. Ganz im Norden dieser Halbinsel, zwischen dem Strand, den Kiefernwäldern und den sanften Weinbergen, die sich zur Flussseite hin ausbreiteten, befand sich die Domaine Levall. Der schönste Fleck der Erde, den sie je gesehen hatte, bis … bis dort alles aus den Fugen geraten war.

Energisch stand sie vom Sofa auf und schüttelte mit festen Bewegungen die Kissen aus. Sie sollte, nein, sie wollte nicht weiter darüber nachdenken. Sie sollte ihren Laptop nehmen und zusehen, dass sie neue Bewerbungen schrieb. Bald würde ihr Geld zu Ende gehen, und dann hätte sie ein ernsthaftes Problem, oder zumindest käme sie dann in die missliche Lage, ihren Eltern berichten zu müssen, dass sie während der letzten Monate arbeits- und mittellos gewesen war. Das wollte sie sich und ihnen eigentlich ersparen. Himmel, sie war Mitte dreißig und konnte auf eigenen Füßen stehen. Vor allem war sie in ihrem Job gut gewesen. Sie hatte einiges an Erfahrung im redaktionellen Bereich, konnte gut schreiben und liebte es zu recherchieren. Irgendeinen Job würde es schon für sie geben, wenn sie endlich mal den Hintern hochbekam und anfangen würde, danach zu suchen. Stattdessen saß sie hier herum und blies Trübsal, leckte ihre Wunden und versuchte, ihr zerbrochenes Herz wieder zu kitten. Sie war doch keine sechzehn mehr!

Bis zum späten Nachmittag hatte sie es zumindest geschafft, zwei Stellenangebote auf ihre Merkliste zu setzen, und ihre Bewerbungsunterlagen waren zum Ausdrucken bereit. Vielleicht hatte sie ja diesmal Glück. Vor ihrer Reise nach Frankreich hatte sie auch schon Bewerbungen verschickt und war sogar persönlich hingegangen, um bei drei Zeitungen vorzusprechen. Manchmal brachte das ja sogar mehr, als auf Papier zu vertrauen. Doch alles ohne Erfolg. Ihr Plan, gleich nach dem vierzehntägigen Urlaub in Frankreich gut erholt und voller Motivation wieder die Arbeitssuche aufzunehmen, hatte sich zerschlagen. Statt vierzehn waren es nur zehn Tage gewesen, und sie war reichlich demoralisiert zurückgekehrt. Der Urlaub hatte in einer Katastrophe geendet.

Gerade als Cora sich wieder ihrem Selbstmitleid hingeben wollte und nach der halb vollen Kekspackung griff, klingelte ihr Handy. Ivys Name war auf dem Display zu lesen. Sie starrte das Telefon einige Sekunden in der Hoffnung an, dass Ivy aufgeben würde. Doch diese war hartnäckig. Cora wimmelte sie seit ihrer Rückkehr ab. Schon am Flughafen, wo ihre Freundin sie in Empfang genommen hatte, war sie Ivys Fragen ausgewichen. Als sie dann schließlich erklärte, dass sie nicht darüber reden wolle, hatte diese Antwort ihre Freundin verstummen lassen, doch ihr Blick war forschend geblieben. Seitdem verschanzte sich Cora in ihren vier Wänden, und Ivy war bisher so taktvoll gewesen, nicht weiterzubohren, obwohl sie vor Neugier brannte, das wusste Cora.

Das Telefon verstummte kurz, um dann sofort wieder loszulegen. Ivy schien beschlossen zu haben, dass es Zeit war, Cora aus ihrem Schneckenhaus zu treiben. Cora seufzte, warf der Kekspackung einen sehnsuchtsvollen Blick zu und nahm dann ihr Telefon zur Hand.

»Hey, Schätzchen, wie geht es dir?« Ivys Stimme klang übermäßig mitfühlend.

»Geht so«, antwortete Cora knapp.

»Hör mal, ich wollte heute Abend mal vorbeikommen. So langsam mache ich mir Sorgen. Ich bring auch was zu essen mit. Pizza?«

»Nein, lieber was anderes.« Cora dachte mit schlechtem Gewissen an den Stapel Müll, den sie vorhin noch entsorgt hatte.

»Thai? Mexikaner?«

»Thailändisch wäre nicht schlecht.«

»Wie immer?« Ivy hörte sich an, als würde sie einem Kranken eine Hühnersuppe anbieten.

»Ja, wie immer.«

»Super, dann bis nachher. Ich bin so gegen acht da. Ich freu mich.«

»Ich mich auch«, brachte Cora mühsam heraus. Dabei freute sie sich wirklich ein bisschen, denn noch länger einsam vor sich hin zu grübeln war wirklich nicht gut für sie. Doch Ivy würde alles wissen wollen, alles. Und als beste Freundinnen war es an Cora, ihr auch alles zu erzählen. Sie griff nach der Kekspackung. Das würde nicht einfach werden.

2

Der Geruch von Chili drang schon durch die Eingangstür, noch bevor Cora diese für Ivy geöffnet hatte. Das war der Nachteil des kleinen Thailänders, der vier Straßen von ihrer Wohnung entfernt lag. Das Essen war sehr gut, aber die Räumlichkeit so klein, dass sich der Duft der Küche beim Warten auf die Bestellung unwiderruflich auf die Kleidung übertrug. Cora lief das Wasser im Mund zusammen. Sie hätte ja auch schon mal wieder thailändisch essen können, nur lieferte der Laden nicht. Da war Pizza in den letzten Wochen einfacher gewesen.

»Hi!« Ivy strahlte sie an, als Cora die Tür öffnete. Mit der einen Hand hob sie die Plastiktüte mit dem Essen empor, mit der anderen eine Flasche Sato, den Reiswein.

»Hi, ich freu mich, komm rein.« Cora versuchte zu lächeln.

Ivy sah sich auf ihrem Weg zum Wohnzimmer kurz prüfend um. Sie und Cora kannten sich schon lange genug, dass Ivy zum einen wusste, dass es bei Cora das Essen meist am Wohnzimmertisch gab, und zum anderen, dass Cora, wenn sie sich in einer labilen Stimmungsschwankung befand, nicht gerade ordentlich war. Cora musste lachen, als Ivy nun die Lippen spitzte und nickte, während sie das Essen auf den Tisch stellte.

»So schlecht kann's dir ja nicht gehen, man kann ja hier noch herumlaufen.«

»Ich hab gerade heute aufgeräumt.«

»Also ist das Tief überwunden? Herzchen, so langsam mach ich mir nämlich Sorgen.«

»Geht schon wieder. Aber lass uns erst essen«, erwiderte Cora und deutete auf die Tüte. Sie wusste, dass heute der Tag der Ivy-Befragung war, um die sie sich nun schon so lange gedrückt hatte. Aber sie war es Ivy auch schuldig, ihr endlich zu sagen, was in Frankreich alles passiert war, und vielleicht würde es ihr ja auch selbst guttun, mal darüber zu sprechen. Sie spürte, wie ihr Bauch ihr mittels eines schmerzhaften Zusammenziehens signalisierte, dass er dies für keine gute Idee hielt, aber sie versuchte, das Gefühl zu ignorieren.

Ivy hatte ihre Jacke ausgezogen, sie über die Sofalehne geworfen und packte nun das Essen aus. »Pad Med Ma Muang.« Sie ahmte den Akzent des thailändischen Restaurantbesitzers nach. »Hähnchen mit Chili und Cashews – wie immer, Ma'am.«

»Danke.« Cora setzte sich aufs Sofa.

Ivy, die sich neben ihr niederließ, plauderte einfach drauflos. »Also Bug findet das gar nicht lustig, dass er nicht mehr Chef in der Redaktion ist. Und die Artikelforderungen von drüben lassen auch zu wünschen übrig.« Sie sprach von der neuen Chefetage des *East London Guardian*, der von einer großen Londoner Tageszeitung übernommen worden war. Als Buchhalterin hatte sie ihren Job behalten dürfen. Bug, der Redaktionschef, sowie zwei Tagesredakteure ebenso. Cora, die für die Sparte Szene und Kultur geschrieben hatte, war gekündigt worden. Zehn Jahre hatte sie für den *East London Guardian* gearbeitet. Im Grunde war sie fast direkt nach dem Studium dort gelandet. »Und dass sie der Redaktion auch den ganzen Sportteil weggenommen haben, ärgert Travis gehörig. Der konnte doch nichts anderes, als über Fußball schreiben. Jetzt muss er sich Artikel über Kindergärten abringen.« Ivy kicherte.

»Travis hasst so Regionales, o ja.« Cora musste auch schmunzeln. Doch sie vermisste die Tage in der Redaktion, und Ivy jetzt davon plaudern zu hören, schmerzte ein wenig.

»Und bei dir? Hast du dich schon wieder irgendwo beworben?«

Cora deutete auf ihren Laptop. »Ja, aber es gibt nach wie vor nicht viele Stellen. Eine hab ich gefunden, ist so eine Theater- und Eventzeitung. Vielleicht ist das was für mich.«

Ivy legte den Kopf etwas schief. »Ach Mensch, ich drück dir so die Daumen. Und ich höre mich auch schon dauernd um. Sherine, weißt du noch, diese Blonde, die wir mal im Jack's getroffen haben, die vom *So-Far-Travel-Magazine*, meinte, dass bei ihnen vielleicht demnächst Verstärkung gesucht wird. Ich hab sie neulich getroffen, und sie wollte sich melden.«

»Hört sich interessant an.« Cora rechnete sich auf solche Hab-ich-neulich-getroffen-Kontakte zwar nicht viel Chancen aus, aber es rührte sie, dass Ivy an sie dachte.

Ivy deutete auf Coras Essen, in dem diese etwas lieblos herumstocherte. »Hast du keinen Hunger? Du siehst blass aus.«

»Doch, ist lecker. Ich hab nur vorher zu viele Kekse gegessen.« Cora wusste, was gleich kommen würde.

»Kekse, hm?«

Und da war er, dieser Gesichtsausdruck von Ivy, der ihr sagte, dass ihre Freundin sie heute nicht in Ruhe lassen würde, bis sie ihr die ganze Geschichte erzählt hatte.

Ivy wartete wenigstens noch, bis Cora ihr Essen verzehrt hatte, was diese allerdings nur mit der Unterstützung von zwei Gläsern Reiswein schaffte.

»So«, Ivy sammelte die leeren Pappschalen zusammen und stopfte sie wieder in die Tüte, »und jetzt, Cora – was zum Henker ist mit dir los? Seit du wieder da bist«, sie machte eine winkende Handbewegung, »hängst du nur in deiner Bude rum und bläst Trübsal. So schrecklich kann es doch in Frankreich gar nicht gewesen sein.«

»Nein, war es auch nicht.« Cora lehnte sich zurück, zog eines ihrer Sofakissen vor sich wie zum Schutz und vermied es, Ivy anzusehen. »Es … es war eigentlich auch erst ganz nett, sehr nett. Die Gegend da ist wirklich wunderschön. Dir wär's dort bestimmt zu langweilig, aber die Weinberge, na ja, es sind eher Hügel, keine hohen Berge, die kleinen verschlafenen Dörfer mit den alten Häusern und die großen Châteaus.«

»Hat der schicke Franzose auch so ein großes Château?« Ivy sprach von Pascal. Obwohl sie an besagtem Abschiedsabend einige Gläser Wein zu viel gehabt hatte, schien sie sich an ihn noch gut zu erinnern.

»Pascal?« Cora versuchte, ihre Stimme möglichst belanglos klingen zu lassen, obwohl die Erwähnung seines Namens in ihr bereits wieder für Aufruhr sorgte. »Ja, die Levalls haben auch ein Weingut, nicht so groß wie andere, aber total schön gelegen und … urig ist es da, gemütlich halt.«

»Gemütlich, hm?« Ivy goss Reiswein nach.

»Die ersten Tage waren wirklich schön. Die Levalls haben eine Haushälterin, Valeska, die war supernett. Es gab gutes Essen, viel Wein …«

»Zu erwarten auf einem Weingut.« Ivy schaute vorwurfsvoll auf ihr Glas Reiswein, dem wohl nicht so viel Pflege zugekommen war wie einer edlen Rebsorte. »Und warum bist du dann völlig aufgelöst vier Tage früher als geplant nach Hause gekommen?«

»Na ja, etwas kompliziert, das Ganze.« Cora drückte das Kissen noch etwas fester an sich. »Diese Gewinnspielsache hatte wirklich einen Haken.«

»Was? Solltest du doch noch Heizdecken und Massagesessel kaufen?« Ivy versuchte eindeutig, die Stimmung locker zu halten.

»Nein, ich sollte nichts kaufen, eher verkaufen.«

»Wie?«

»Die Levalls haben dieses Gewinnspiel nur ausgeschrieben, um ihren Nachbarn eins auszuwischen. Die Chevaliers haben da ein richtig großes Château, fast ein Schloss. Nun wollen sie dort eine große Ferienanlage bauen, irgend so was ganz Luxuriöses. Aber dafür brauchen sie Land von den Levalls und wollen die ganze Domaine aufkaufen.«

»Und denen solltest du dein Land verkaufen?«

Cora seufzte. »Ja. Sie haben mir eine ganz schöne Stange Geld geboten.«

»Und?«

»Ich habe noch nicht verkauft.«

Ivy verzog nachdenklich das Gesicht. »Aber Cora, egal, wie viel sie dir geboten haben, gebrauchen könntest du das im Moment schon.«

»Ich weiß, das ist es ja. Doch solange ich … wir … nicht verkaufen, haben die Chevaliers noch genug Steine im Weg und können Maxime nicht die Domaine fortnehmen.«

»Maxime?«

»Das ist der Onkel von Pascal. Ihm gehört das alles da.«

»Okay, verstehe. Aber wo ist der Teil, der dich in die Flucht getrieben hat? Das angebotene Geld war es wohl kaum?«

»Ein bisschen komplizierter ist es schon noch. Pascal hat drei Landstücke verlost. Eins gehört nun mir, eins den Davingtons, die mit einem riesigen Wohnmobil gekommen sind, und der dritte Gewinner ist noch gar nicht aufgetaucht. Die Davingtons wollten auch noch nicht verkaufen. Die haben erst mal ihr Haus auf Rädern da aufgestellt. Also haben wir gemeinsam beschlossen, noch abzuwarten.« Cora musste lächeln. »Die waren putzig. Ist so ein englisches Rentnerpaar mit der Vorliebe für Freikörperkultur.«

Ivy zog die Augenbrauen hoch. »Nackte Rentner?«

»Ja. Die Chevaliers haben deswegen sogar die Polizei gerufen.«

»Ach was! Da war ja richtig was los.«

Cora fiel es schon etwas leichter, einmal alles zu erzählen, zumal die meisten Erinnerungen die Kälte in ihrem Herzen etwas vertrieben. Valeska und die Davingtons waren wirklich liebe Menschen gewesen. »Die haben sich aber nicht so schnell unterkriegen lassen. Wir waren dann auch bei den Chevaliers. Dieses Kaufgespräch wegen der Ländereien hatte ein Monsieur Mergot übernommen, ein schrecklicher Kerl. So ein richtig reicher Schnösel.«

»Und dem wolltet ihr nicht helfen, sein Portemonnaie zu erleichtern?« Ivy schüttelte den Kopf.

»Wie gesagt, so einfach ist das nicht. Wenn wir verkaufen, ist Maxime die Domaine ein für alle Mal los. Seine Familie hat dieses Stück Land aber schon seit vielen hundert Jahren. So was gibt man doch nicht so einfach auf.«

»Wenn's Geld stimmt?«

»Ivy!« Cora sah ihre Freundin nun tadelnd an.

Ivy zuckte mit den Schultern. »Was gab's denn sonst noch außer dem Geldangebot und dem reichen Schnösel?«

Ihre Freundin bewies einen guten Riecher, denn bis hierher war Cora die Schilderung ja noch leicht von den Lippen gegangen. Sie senkte den Blick und zupfte verlegen an einigen Fusseln auf dem Kissen, dann seufzte sie.

»Hat also irgendein Franzose dich in die Flucht geschlagen?«, bohrte Ivy weiter.

»Zwei, um genau zu sein«, gab Cora kleinlaut zu.

»Zwei? Oh! Cheers!« Sie hob ihr Glas. »Respekt, Respekt, und das in zehn Tagen. Dann lass mal hören.«

Cora winkte schwach ab. Sie spürte, wie ihr die Tränen in die Augen stiegen.

Ivy bemerkte das auch. »Ach komm, Schätzchen. So schlimm?«

»Schlimmer irgendwie.« Cora schniefte. »Also die ersten Tage, da war ich mit Pascal unterwegs. Ich brauch ja nichts zu sagen, du weißt ja, wie er aussieht und wie charmant er sein kann.«

»Ja!« Ivy grinste breit. »O ja!«

»Er hat mir halt die Gegend etwas gezeigt, wir haben zusammen was getrunken, waren am Strand …«

»Und dann?«

»Wir … wir … haben …« Cora suchte nach dem passenden Wort. Miteinander geschlafen traf es nicht recht. Hatten sie zwar rein technisch schon, aber es war nichts vertraut Intimes gewesen, sondern eher heiß und erotisch abgelaufen. »Wir hatten Sex.«

Ivy quietschte auf und hob ihr Glas erneut. »Erzähl!«

»Na, das ist halt so passiert … im Weinkeller.«

»Im Weinkeller?«

»Und … am Strand.«

»Cooora! Da hast du deinen Urlaub ja redlich genossen.« Ivy lachte laut auf.

Cora musste jetzt auch lachen, obwohl sie gleichzeitig noch schniefte. »Ja, kann man so sagen.«

»Und wo bleibt der zweite Mann?«

Cora wurde sofort wieder ernst. »Den habe ich kurz nach dem Gespräch wegen des Landstücks bei den Chevaliers getroffen. Er … er sagte, er sei der Gärtner.«

»Der Gärtner?«

»He, er war supernett. Irgendwie anders als Pascal. Zurückhaltend, nicht so draufgängerisch und so. Ich meine, das mit Pascal … Es war halt die Stimmung, und ich konnte einfach nicht nein sagen. Wobei ich glaube, er ist eh so ein Aufreißertyp. Aber Franco, besser gesagt Robert …«

»Der Gärtner? Franco? Robert? Nun mal langsam, Cora, ich komm ja kaum noch mit.«

»Robert hat sich mir gegenüber als Franco, der Gärtner und Stallbursche, ausgegeben. Wir hatten echt eine nette Zeit. Er hat mir tolle Orte gezeigt, war auch sehr charmant, aber anders als Pascal. Er war eher so der Typ Mann, wo …«

»O weh, wo du dein Herz hättest verlieren können?«

Ivys Stimme war nun wieder voller Mitgefühl, und sie beugte sich zu Cora, um ihr die Hand auf den Arm zu legen.

Cora schluchzte. »Ja.« Vor ihrem inneren Auge sah sie Robert noch am Leuchtturm stehen. Der Wind hatte durch seine blonden Haare geweht, und das Meer hatte sich in seinen blauen Augen gespiegelt.

»Aber das mit dem Gärtner verstehe ich nicht?«

Cora verjagte Roberts Bild aus ihren Gedanken. »Das habe ich auch erst am letzten Tag erfahren. Und nicht mal von ihm! Wir waren ausreiten. O Ivy, das war so schön! Und als ich wieder zurück zu den Levalls kam, hat Pascal mich angefahren, warum ich ... warum ich mit Robert Chevalier unterwegs gewesen sei. Verstehst du?«

»Dieser Robert ist der Nachbar, der die Levalls schlucken will?«

»Ja, genau. Und mir hat er vorgespielt, er sei der Gärtner, und ich dusselige Kuh bin ihm auch noch auf den Leim gegangen. Ich dachte, er ... findet mich nett. Aber wahrscheinlich wollte er mich nur aushorchen oder so und mich dazu bringen, das Land an ihn zu verkaufen.«

»Moment, Moment, sagtest du nicht, dieser reiche Schnösel hat deswegen mit euch gesprochen? Wie steht der denn zu den Chevaliers?«

Cora klammerte sich an das Kissen. »Pierre Mergot ist der zukünftige Schwiegervater von Robert Chevalier.«

»Autsch!«

»Ja, autsch! Und ich bin voll ins Fettnäpfchen getreten.«

»Aber mit dem hast du nicht …?«

»Nein!«

»Puh.« Ivy schüttelte den Kopf. »Ganz schön verworren.«

»Auf jeden Fall war Pascal stinksauer, weil er dachte, ich mach mit Robert gemeinsame Sache. Das … Ach, das ist alles scheiße gelaufen. Und ich war so verdattert, und mir war das so peinlich, da bin ich dann schnell abgereist.«

»Geflüchtet also.«

»Ach Mann, Ivy, was hätte ich denn tun sollen? Mit Pascal hatte ich den Sex meines Lebens, doch zum Heiraten ist der nichts.« Cora quälte sich ein schiefes Lächeln ab. »Aber Robert – mit ihm hätte ich mir bei weitem mehr als nur das vorstellen können. Wir haben zwar nur wenige Tage miteinander verbracht, aber es war so … stimmig. War ja klar, dass da was nicht stimmt. Da treffe ich einmal den Mann meiner Träume, und dann ist er so gut wie verheiratet und ein hinterhältiger Lügner.«

»Und was willst du nun tun? Nimm doch das Geld für das Land und vergiss die Sache.«

Cora schüttelte den Kopf. »Nein, das werde ich Robert und seinem komischen Schwiegervater in spe nicht zum Fraß vorwerfen. Die bekommen mein Stück

Land erst, wenn ich weiß, dass es für Maxime keine andere Lösung mehr gibt.«

»Toller Plan, Cora, aber dafür müsstest du wohl mit irgendeinem von denen noch mal in Kontakt treten.« Ivy machte große Augen und grinste dabei.

»Weiß ich. Werde ich auch … irgendwie.«

»Irgendwann. Vielleicht kriegt dieser Pascal sich ja wieder ein, und du hast noch mal die Chance auf …«

»Ivy!« Cora schmiss das Kissen nach ihrer Freundin, die sich lachend duckte.

3

FRANKREICH, CHÂTEAU DE MÉRIVAL

Robert wanderte langsam durch die Weinstöcke. Es war noch früh am Morgen, und der Tau lag noch auf dem Grün. Hier und da strich er liebevoll über die großen, feuchten Blätter der Pflanzen. Diese standen schon lange vor seiner Zeit hier, einige sogar schon vor der Zeit seiner Eltern. Sein Vater hatte ihm vor seinem plötzlichen Tod schon sehr viel über den Weinanbau beigebracht, aber dennoch fühlte er sich in Anbetracht der jahrhundertealten Tradition manchmal überfordert. Jedes Jahr war anders, jedes Jahr wuchsen die Pflanzen und reiften die Trauben unterschiedlich. Es gab tausend Dinge zu beachten und zu tun, und letztendlich war man doch nur ein Diener der Natur und konnte bloß hoffen, dass nicht noch etwas Unvorhergesehenes eintraf. Ein Wetterumschwung oder ein Schädling konnte die Ernte binnen weniger Stunden unbrauchbar machen. Umso schlimmer war es für ihn, dass es in diesem Jahr nicht mal eine Naturgewalt war, welche einen Teil seiner Weinstöcke bedrohte, sondern eine Gefahr aus einer ganz anderen Richtung.

Er drehte sich etwas, um in das Tal hinabsehen zu können. Dort, unweit des Châteaus, waren vorhin die ersten Arbeiter angekommen. Ihre weißen Transporter standen wie große Pilze neben der Pferdekoppel. Und da gingen nun anstatt der Pferde Männer mit gelben Helmen und orangefarbenen Leuchtwesten umher. Sie begannen, die Bauplätze abzustecken. Robert fand es dafür noch viel zu früh, aber Pierre Mergot hatte sich nicht davon abbringen lassen. Er war kein Mann, der sich lange aufhalten ließ. Auch wenn vieles zur Errichtung der Ferienanlage noch gar nicht geklärt war, hatte Mergot darauf beharrt, dass es jetzt Zeit war, damit anzufangen. Alles andere würde sich schon richten. Robert schnaubte. Natürlich, mit Geld ließ sich ja in Pierre Mergots Augen alles richten. Dass es auch noch Menschen gab, die nicht sofort und um jeden Preis käuflich waren, das gab es in dessen Vorstellung gar nicht.

Der Auftritt der widerborstigen Camper und von Cora hatte Mergot nur kurz aus dem Konzept gebracht, Robert dafür umso mehr. Ein schmerzhafter Stich traf seine Brust, als er an Cora dachte. Er versuchte, es zu vermeiden, er hatte es so verbockt, doch sie ging ihm nicht aus dem Kopf. Es war ein Fehler gewesen, sie zu belügen. Doch was hätte er sagen sollen – hallo, ich bin Robert Chevalier? Allein bei dem Namen hätte sie nach dem Zusammentreffen mit seinem zukünftigen Schwiegervater, seiner Mutter und seiner zukünftigen Ehefrau wohl die Flucht ergriffen. Also hatte er sich als Gärtner ausgegeben, der Zufall hatte es so gewollt. Eine dumme Idee. Was hatte es ihm gebracht? Cora war fort, noch bevor er die missliche Lage hätte aufklären können. Nach ihrem gemeinsamen Ausritt an jenem Tag hatte er noch gehofft, es irgendwie glimpflich auflösen zu können. Zumindest von Angesicht zu Angesicht. Doch als er sie am nächsten Tag angerufen hatte, war sie nicht mehr rangegangen. Auch seine Nachrichten blieben zunächst unbeantwortet. Erst nach einer Woche – er wusste inzwischen, dass sie abgereist war – hatte sie ein Lebenszeichen von sich gegeben. »Ich weiß, wer Du bist! Lass mich in Ruhe!«, hatte sie ihm geschrieben und ihn damit mehr getroffen, als er geahnt hatte.

Robert ging weiter zwischen den Weinreben hindurch. Er wollte nicht mit ansehen, wie die Arbeiter nun Pfähle in den Boden rammten und schon mit Bändern die zukünftigen Baugruben markierten.

Er hatte mit Cora in den wenigen Tagen mehr Freude empfunden als in den letzten Jahren mit seiner

Verlobten Isabel. Mit Isabel ging es genau genommen den Bach runter, seit ihr Vater auf die Idee mit der Ferienanlage gekommen war. Es war deren Baby. Sie waren sofort Feuer und Flamme gewesen und hatten auch in kürzester Zeit seine Mutter auf ihre Seite gebracht. Robert hatte nicht abstreiten können, dass die Pläne aus finanzieller Sicht reizvoll waren. Auf dem Papier hatte alles so einfach ausgesehen. Doch die ersten Bauzeichnungen hatten ihn schnell gewahr werden lassen, was sich alles auf dem Château de Mérival verändern würde. Aber da war es schon zu spät. Er hatte zugestimmt, und Mergot brachte die Mühlen zum Laufen. Die erste Hürde trat auf, als das Bauamt bemängelte, es fiele dem Bauprojekt eine zu große Weinanbaufläche zum Opfer. Das Château de Mérival bekomme dann als Weingut Abzüge. Auch Robert hatte das Mergot prophezeit. Ein Weingut ohne Anbaufläche war nun mal kein Weingut mehr. Mergot hatte wie immer eine pragmatische Lösung. Dann kaufe das Château de Mérival halt neue Flächen dazu, um wieder seine volle Größe zu bekommen oder sogar noch größer als zuvor zu werden. Robert konnte gar nicht so schnell reagieren, wie Mergot dem Nachbar Maxime Levall ein Angebot für dessen Domaine und das dazugehörige Land gemacht hatte. Robert schämte sich für Mergot. Die Levalls waren dort drüben auf dem Hügel schon genauso lange ansässig, wie auch das Château im Tal existierte. So etwas zerschlug man doch nicht einfach mit einem Sack voll Geld. Aber genau das war Mergots Art.

Robert schielte zu dem dunklen Steinhaus auf der Anhöhe. Es schmiegte sich zwischen Weinstöcken und niedrigen Bäumen. Er wusste genau, wie es im Inneren aussah. Warm und gemütlich hatte er es immer empfunden. Einst war er oft dort gewesen. Doch dann hatte ein schlimmes Unglück die Levalls und die Chevaliers schon entzweit, lange bevor Mergot aufgetaucht war. Dieser wusste nicht mal davon, niemand wusste davon, nur die Familien selbst. Doch spätestens wenn er und Isabel heirateten, würde auch diese alte Geschichte nicht mehr zu verheimlichen sein. Warum war sein Leben nur so voller Geheimnisse und Lügen? Wann waren ihm die Zügel aus der Hand geglitten? Robert spürte, wie sich in seinem Hals ein dicker Kloß bildete, der ihm die Luft abschnürte. Eilig ging er weiter. Isabel wollte, dass sie dort oben später ein Haus bauten, denn die Domaine sollte abgerissen werden. Auch etwas, was er nicht guthieß. Doch würde es so kommen und er seinen Lebensweg so weitergehen, wie er vor fünf Wochen noch geplant war, dann würde er eines Tages dort mit Isabel leben, aber wenigstens nicht in den alten, mit Erinnerungen gespickten Mauern des Hauses Levall.

Allerdings war er sich dessen nicht mehr sicher. Cora hatte alles verändert. Nicht nur, dass sie sich von Mergot nicht sofort hatte auszahlen lassen, ihr ganzes

Wesen war es. Er hatte bei dem Gedanken an sie sofort wieder ihr Gesicht vor Augen und wie sie es in die Sonne hielt, damals, als sie auf der Insel beim Leuchtturm gewesen waren. Er hatte sich diesen Tag erschlichen – als Franco. Hatte es selbst genossen, einen Tag nicht der sein zu müssen, der er inzwischen war. Und dieser Tag hatte ihm mehr als bewusst gemacht, dass er vielleicht gar nicht mehr der sein wollte, der er war. Seine innere Zerrissenheit bereitete ihm seitdem fast körperlichen Schmerz. Er stöhnte leise.

4

LONDON

»Und was willst du nun tun?« Ivys Frage schwirrte Cora immer wieder durch den Kopf. Sie saß an ihrem Küchentisch, die morgendliche Tasse Kaffee vor sich und die aufgeschlagene Tageszeitung mit den Stellenangeboten. Was sollte sie schon tun? Möglichst schnell alles vergessen, vernünftig werden und sich einen Job suchen. Ihr Stück Land konnte sie ja trotzdem an Mergot verkaufen. Vielleicht würde es für eine schicke kleine Eigentumswohnung in London reichen, irgendwo, wo man sich nicht den Hals verrenken musste, um den Himmel sehen zu können. Dann wäre diese Frankreich-Geschichte endlich passé. Ja, sie sollte sie als unglückliche Episode abtun. Energisch nahm sie einen Kugelschreiber zur Hand und begann, die Anzeigen zu lesen.

Es gab für alle möglichen Berufsgruppen Stellenangebote: Kassiererinnen, Arzthelferinnen, Friseurinnen. Nach der ersten Seite war sie schon wieder demoralisiert. Erst auf der Mitte der zweiten Seite las sie etwas, was ihren Fähigkeiten nahe kam: »Erfahrene Schreibkraft für Verlagshaus gesucht.« Das war etwas sehr grob umschrieben. Suchte man dort eine Sekretärin oder jemanden für den redaktionellen Teil? Sie gab sich einen Ruck und wählte die dort angegebene Telefonnummer. Eine ältere, etwas lethargisch klingende Dame meldete sich. Cora umschrieb mit kurzen Sätzen den Grund ihres Anrufs, nicht ohne dabei ihre jahrelange Erfahrung durchklingen zu lassen.

»Können Sie heute um zwölf? Da haben wir einen Vorstellungstermin«, entgegnete die Dame knapp.

Cora schielte zur Uhr. »Ja, das schaffe ich.«

»Dann seien Sie um zwölf da.«

Cora sah ein bisschen stolz auf ihr Telefon. Na bitte, geht doch.

Zwei Stunden später saß sie in der London Underground. Die Lichter des Tunnels rauschten draußen an den Fenstern vorbei. Es war warm in dem Abteil, und sie schwitzte. Es waren viele Menschen in der U-Bahn, und sie fühlte sich beengt. Wurde ihr das Stadtleben langsam zu viel, oder war sie in den letzten Wochen nur zu wenig vor die Tür gegangen?

Pünktlich um zwölf betrat sie etwas erschöpft das Verlagshaus Breigthon in der Stepney Street, ein trostloser grauer Betonbau, der sich zwischen viele andere Bürogebäude quetschte. Der Fahrstuhl, der sie in die vierte Etage brachte, rumpelte verdächtig und roch muffig nach altem Schweiß. Ihr verging schon jetzt jegliche Lust, gleich einen guten Eindruck machen zu wollen. Sie landete in einem lieblosen Großraumbüro, in dem unzählige Angestellte hinter hohen Trennwänden saßen. Zumindest schien es kein ganz kleiner Verlag zu sein. Auf Nachfrage schickte man sie zu einem Besprechungsraum. Davor standen bereits gut zehn Personen. Alle trugen die unverkennbaren Bewerbungsmappen bei sich. Cora stellte sich artig dazu.

Nach gefühlten Stunden kam sie endlich an die Reihe. Ein grauhaariger Mann in den Sechzigern bat sie mit einem knappen Nicken, Platz zu nehmen.

»Mein Name ist Crohn, ich bin der Senior Editor im Verlagshaus Breigthon. Sie sind hier, um sich um die freie Redaktionsstelle zu bewerben?«

Cora nickte.

»Mrs. … Thompson. Sie haben also zehn Jahre beim *East London Guardian* gearbeitet.« Das war keine Frage, sondern eine Feststellung.

Cora antwortete dennoch mit einem »Ja«.

Mr. Crohn studierte Coras Unterlagen. Dann sah er sie über den Rand ihrer Mappe an. »Mrs. Thompson, Sie haben sich schon informiert, welches Thema wir hier überwiegend bearbeiten?«

Cora zögerte kurz. Nein, hatte sie nicht, und darüber ärgerte sie sich auch sogleich.

Der Mann legte den Kopf etwas schief und ließ Coras Bewerbungsmappe sinken.

»Also wir arbeiten hier keineswegs wie in einer Zeitungsredaktion.«

»Mr. Crohn, der *East London Guardian* ist eine seriöse Zeitung.«

»Das ist mir schon bewusst.« Er lächelte kurz. »Aber wie ich sehe, haben Sie für den Bereich Szene und Kultur geschrieben. Nun, ich denke, da ist unser redaktioneller Teil doch thematisch etwas anders gelagert.« Er schob ihr eine Broschüre zu.

Gleich der erste Titel sprang Cora förmlich ins Auge. *Leben und arbeiten im Bereich der anglikanischen Kirche* hieß das Buch. Sie hustete verlegen. »Nun ja, als gute Redakteurin kann ich selbstverständlich jedes Thema behandeln.«

Es folgte die übliche Standardbefragung, und Cora war schnell bewusst, dass sie aus dem Rennen war. Familienstand: ledig, Kinder: keine …

»Wir werden uns bei Ihnen melden, Miss Thompson«, schloss Mr. Crohn alsbald das Gespräch und nickte ihr freundlich zu. Cora packte ihre Papiere und verließ den Besprechungsraum.

Als sie endlich wieder auf der Straße stand, atmete sie einmal tief ein und aus. Das war wohl nichts. Allerdings betrübte sie das nicht wirklich. Lieber noch etwas arbeitslos, als sich mit gänzlich langweiligen Themen in einem sehr unschönen Büro rumschlagen zu müssen. Da ging sie ja lieber kellnern.

Anstatt gleich wieder die nächste U-Bahn-Station anzusteuern, lief sie in Richtung Themse, die nicht weit entfernt sein konnte. Sie hatte das dringende Bedürfnis, irgendwo der Enge und dem Muff der Stadt zu entkommen. Nach nicht einmal zwanzig Minuten stieß sie auf die Uferpromenade, die mit einem ruhigen Fußweg, Bäumen und Bänken lockte. Es war nicht viel los. Natürlich, es war mitten in der Woche, und die meisten Menschen arbeiteten zu dieser Zeit. Hier und da lief ein Jogger oder schob eine Frau einen Kinderwagen. Voll würde es erst wieder gegen Feierabend werden. Sie suchte sich eine Bank, setzte sich, streckte die Beine aus und schloss einen Moment die Augen. Aber selbst hier am Fluss konnte man die Großstadt um sich herum nicht verdrängen. Wie ein stetiges unterschwelliges Dröhnen drangen die Geräusche an ihr Ohr. Sie seufzte. Als sie von der kleinen Ortschaft Chesham in Buckinghamshire zum Studieren nach London gezogen war, hatte sie nach dem Großstadtleben gelechzt. Sie war viel ausgegangen, hatte jeden Winkel der Stadt erkundet und so manche Nacht zum Tag gemacht. Später, als sie beim *East London Guardian* gearbeitet hatte, war das sogar Teil ihres Jobs gewesen. Bis zu ihrer Kündigung war sie zwei- bis dreimal die Woche bevorzugt mit Ivy im Londoner Nachtleben unterwegs gewesen. Was war nur los, dass ihr dafür jetzt jegliche Motivation fehlte? Sie sehnte sich eher nach Ruhe und … Sie konnte das Gefühl nicht recht beschreiben. Ihr Blick wanderte den Flusslauf entlang. Freiheit? Das Gefühl, das sie im schnellen Galopp auf dem Rücken des Pferdes am Strand des Médoc verspürt hatte? Sich selbst fühlen, der Sand und der Wind, der einem ins Gesicht wehte, den eigenen Herzschlag, fast keine Luft mehr zu bekommen vor Glück? Die paar Tage in Frankreich kamen ihr vor, als wäre sie aus einem langen Schlaf erwacht. Was hatte sie die letzten Jahre hier in London nur gemacht? Sie war morgens ins Büro gegangen und hatte die meiste Zeit des Tages am PC gesessen, ohne zu wissen, welche Uhrzeit es genau war oder gar, welches Wetter draußen herrschte. Vom Büro war sie mit der U-Bahn wieder nach Hause gefahren, kurze Pause, dann erneut mit der U-Bahn in die Stadt hinein, um in spärlich beleuchteten Lokalen zu sitzen. Was hatte es ihr bisher gebracht? Außer einem gewissen Gleichmaß nichts. Sie musste schlucken, als ihr gewahr wurde, dass sie eigentlich keine Ziele oder Träume mehr gehabt hatte. Sie hatte ganz nach dem Motto gelebt: Es ist gut so, wie es ist. Nun war diese Zeit aber vorbei, und sie trudelte planlos umher wie ein Blatt auf dem Wasser der Themse. Frankreich hatte bei ihr den Knopf gedrückt, etwas in Gang gesetzt, was sie noch nicht recht einordnen konnte. Aber zumindest verspürte sie eine drängende Unruhe. Wie sollte sie ihr Leben wieder ordnen, wenn sie nicht einmal wusste, was sie wollte? »Mist!«, fluchte sie halblaut und scheuchte damit ein Paar Tauben auf, die unweit der Bank, auf der sie saß, auf dem Boden herumgepickt hatten. Sie nahm ihre Unterlagen, stand auf und machte sich auf den Weg zur U-Bahn-Station.

5

Das Piepen ihres Handys riss Cora aus dem Schlaf. Sie lag auf dem Sofa, der Fernseher lief noch. Wie spät war es? Sie brauchte einen Moment, um ganz zu sich zu kommen. Eben noch hatte sie im Traum am Strand vom Médoc gestanden, das Wasser hatte ihre Füße umspült, und sie war nicht allein gewesen. Das Telefon hinderte sie jetzt daran herauszufinden, wer da bei ihr gewesen war. Sie rieb sich missmutig die Augen und fingerte dann nach dem Handy auf dem Wohnzimmertisch. Kurz nach zwanzig Uhr. Auf dem Display stand eine ihr unbekannte Telefonnummer. Zumindest war es keine französische. Ihr Herz pochte noch immer bei jedem Anruf in der Erwartung, dass Pascal oder Robert sie doch noch mal kontaktierte. Der Anrufer ließ nicht locker. Sie setzte sich auf. Bestimmt wieder irgend so ein Werbeanruf irgendeines Stromanbieters oder wegen Zeitschriften. Außer Ivy und ihrer Mutter riefen sie eigentlich kaum noch Leute an. Sie räusperte sich und nahm das Telefonat an.

»Cora Thompson«, sagte sie energisch. Am anderen Ende der Leitung herrschte Schweigen. »Hallo?« Sie wollte schon wieder auflegen, als doch noch ein zartes »Hallo« von der anderen Seite kam.

»Entschuldigen Sie die späte Störung. Mein Name ist Amy.«

»Amy?« Cora war etwas verblüfft, denn sie konnte überhaupt nicht einordnen, wer sie da gerade anrief. Wie ein Verkaufsgespräch fing es auf jeden Fall nicht an.

»Amy, ja. Wir kennen uns nicht, aber Monsieur Levall hat mir in seinem Schreiben auch die anderen Gewinner genannt, und Ihre Nummer habe ich aus dem Telefonbuch.«

»Und was kann ich für Sie tun?« Vielleicht kam Coras Stimme etwas zu barsch rüber, aber sie hatte gerade wenig Lust auf Telefonratespiele. Sie wollte lieber wieder die Augen zumachen und weiterträumen.

»Oh, wenn es Ihnen gerade nicht passt, kann ich auch morgen noch mal anrufen.«

Cora riss sich zusammen. »Warum möchten Sie denn überhaupt mit mir sprechen, Amy?«

»Ich … Sind Sie die Cora Thompson, die auch bei dem Gewinnspiel mitgemacht hat? Bei dem, wo der Gewinner ein Stück Land bekommen hat.«

»In Frankreich«, ergänzte Cora.

Jetzt wurde Amys Stimme lebhafter. »Ja, genau. Dann sind Sie die richtige Cora Thompson. Sie haben auch ein Stück Land gewonnen.«

»Ja, habe ich.«

»Und Sie wurden auch zu einem Gratisurlaub da eingeladen?«

»Ja, das auch.«

Amys Stimme wurde immer aufgeregter. »Und … und haben Sie auch dieses Schreiben bekommen, dass Ihnen jetzt jemand dafür viel Geld bietet?«

»Ja.«

»Dann … dann ist das also wirklich ernst?«

Cora musste schmunzeln. »Ja, ist es. Ich war sogar da.«

»Ach. Ich … ich hab mich nicht getraut«, gab Amy am anderen Ende der Leitung zu. »Diese Weinprobe mit diesem Monsieur Levall, ich fand ihn ja etwas … zu charmant.«

»Ja, das ist er wohl. Aber ich kann Ihnen versichern, dass da in der Tat alles mit rechten Dingen zugeht. Ich hab es auch erst für einen Gag gehalten, aber ich war dort. Das Land gibt es wirklich und ebenso den Mann, der bereit ist, dafür Geld zu zahlen, um es uns wieder abzukaufen.«

Amy schwieg einen Augenblick. »Das verstehe ich aber nicht ganz.«

Cora seufzte. »Das ist auch eine etwas längere Geschichte.« Sie versuchte, Amy in einer kurzen Version die Gegebenheiten zu erklären.

»Oh«, meinte diese dann. »Also sollte man durchaus überlegen, ob man das Land verkauft?«

Cora versuchte, nicht parteiisch zu wirken. »Zumindest sollte man vielleicht die Levalls zuvor kennenlernen. Also ich will niemanden drängen, das Angebot der Chevaliers nicht anzunehmen, das muss wohl jeder selbst entscheiden, doch es ist wirklich wunderschön dort.«

»Ach, Mist, hätte ich mich doch getraut, diese Reise anzutreten.«

»Ich denke, dafür ist es noch nicht zu spät«, versuchte Cora, sie aufzumuntern. »Haben Sie sich denn schon bei den Levalls gemeldet?«

»Nein, ich habe mich noch nicht getraut. Man hört ja von so vielen windigen Gewinnspielen. Und ich hatte es auch schon vergessen, als der Brief mit dem Kaufangebot kam. Es … es ist ja schon eine schöne Stange Geld.«

»Wir haben Sie bei unserem Aufenthalt dort vermisst. Die anderen Gewinner, sie heißen Davington, waren auch in diesen zehn … vierzehn Tagen da«, korrigierte Cora sich schnell. »Melden Sie sich doch einfach mal bei denen. Sie dürfen sicher noch hinkommen und sich ihr Land ansehen.«

»Werden Sie da noch mal hinfahren?«, fragte Amy nun.

Cora zögerte einen Augenblick. »Das weiß ich nicht genau, kann sein.«

»Oh, sagen Sie mir dann bitte Bescheid. Sie haben mich jetzt schon etwas neugierig gemacht. Ich meine, es wäre vielleicht schön, wenn wir zusammen … Nur wenn es Ihnen nichts ausmacht.«

Cora verzog das Gesicht, als sie die freudige Erhellung in Amys Stimme hörte. Sie wusste ja nicht einmal, ob sie ein weiteres Mal nach Frankreich reisen würde. Momentan war ihr nicht danach, und sie wusste auch nicht, ob es eine gute Idee wäre. Wenn, dann sicher nur, um das Land endgültig abzugeben. »Ich werde mich bei Ihnen melden. Ist das okay? Versprechen kann ich aber nichts. Ich … ich bin beruflich recht eingebunden«, log sie und schämte sich gleich dafür.

Diese Amy schien zu spüren, dass sie nur zögerlich auf ihren Vorschlag einging. »War ja auch nur eine Idee. Entschuldigen Sie. Aber wenn, dann melden Sie sich bitte. Danke, dass Sie mir die restlichen Informationen mitgeteilt haben. Ich werde nun darüber nachdenken, wie ich damit umgehe.«

»Tun Sie das. Und Sie können sich gerne jederzeit bei mir melden, falls Sie noch Fragen haben.« Cora hatte das Gefühl gehabt, noch irgendetwas Entschuldigendes sagen zu müssen.

»Danke. Auf Wiederhören dann.«

»Ja, auf Wiederhören.« Amy legte auf. Nachdenklich starrte Cora noch einen Moment das Display ihres Telefons an, dann speicherte sie Amys Nummer. Wer wusste, wozu es gut sein würde. Vielleicht würde sie sich ja doch noch einmal bei der Frau melden. In Anbetracht der Tatsache, dass sie die Levalls und auch alle anderen Beteiligten kennengelernt hatte, erschien es ihr nicht fair, Amy so ganz alleine damit zu lassen. Und noch etwas kam ihr in den Sinn. Pascal hatte bei der Auslosung seiner Gewinner durchaus die Finger im Spiel gehabt. Die Davingtons, die in England alles aufgegeben hatten, um mit dem Wohnmobil zu reisen, hatten wieder eine feste Scholle bekommen, wo sie haltmachen konnten, und damit vielleicht sogar den finanziellen Grundstock, sich irgendwo wieder ein Häuschen leisten zu können. Cora, die Pascal am Abend der Weinprobe von ihrer Arbeitslosigkeit erzählt hatte, bekam durch das angebotene Geld eine Galgenfrist. Und Amy? Was mochte in ihrem Leben passiert sein, dass Pascal sie für würdig gehalten hatte, ein Teil seines Plans zu werden? Cora kam nicht umhin, doch etwas neugierig auf die Frau zu sein.

6

FRANKREICH, CHÂTEAU DE MÉRIVAL

Robert, ich weiß wirklich nicht, was mit dir los ist.« Roberts Mutter Catherine Chevalier stand auf der Terrasse, eine Tasse Kaffee in der Hand, und sah ihn vorwurfsvoll an. »Nun lass Pierre doch anfangen. Es ist doch so weit alles geklärt.« Sie nippte an ihrem Kaffee.

Es war später Vormittag. Robert hatte wie jeden Morgen zunächst einige Stunden in seinem Arbeitszimmer verbracht. Doch das warme Sommerwetter hatte ihn nach draußen gelockt. Er war kein Schreibtischhocker. Arbeiten wie Buchhaltung, Bilanzen und Steuern gingen ihm bei weitem nicht so leicht von der Hand wie die Tätigkeiten, die draußen auf dem Château zu erledigen waren. Daher versuchte er, allen Papierkram immer zeitnah und schnell zu erledigen, um ihn dann auch los zu sein. Seine Mutter übernahm keine Arbeiten, weder im Büro noch draußen. Zeit ihres Lebens hatte sie einzig das Weingut nach außen hin repräsentiert, wie es sich – ihrer Meinung nach – für eine Frau ihres Standes gehörte. Ihrer Familie gehörte das Château de Mérival seit vielen Jahrhunderten. Traditionen waren ihr wichtig. Eine von ihnen war, dass sich die Frauen der alteingesessenen Winzer ausschließlich dem Haushalt, den Kindern und den gesellschaftlichen Anlässen widmeten. Eine ziemlich verstaubte Tradition, wie Robert fand. Zu seinem Verdruss vermittelte seine Mutter dies auch seiner Verlobten. Isabel befasste sich mit ihrem Yoga-Kurs, Shopping und Feierlichkeiten, einen Aktenordner hatte sie auf dem Château noch nicht einmal in der Hand gehabt. Anfangs hatte ihn das auch nicht gestört, doch seit Isabels Vater sich planerisch so auf dem Château einbrachte, hätte Isabel zumindest in diesem Bereich etwas einsteigen können. Sie plante zwar bereits inbrünstig die Inneneinrichtung der Luxusferienhäuser, das ganze Drumherum wie Genehmigungen und Behördenangelegenheiten aber überließ sie Robert. Pierre Mergot war in dieser Sache zwar etwas engagierter, meinte allerdings wie üblich, dass sich mit Geld alles regeln lasse. So bekam Robert zu seinem Tagesgeschäft seit einigen Monaten auch alles rund um das geplante Bauvorhaben auf den Tisch, und er wanderte ständig auf einem schmalen Grat zwischen seinem zukünftigen Schwiegervater und irgendwelchen Beamten.

Am heutigen Morgen hatte er bereits wieder ein nervenaufreibendes Telefonat mit dem Amt für Landwirtschaft geführt, welches nach wie vor mit dem Bauamt in Kontakt stand und die beide zusammen dem Baubeginn nur zustimmen würden, wenn die Frage um die Landerweiterung geklärt wäre. Nach diesem Telefonat hatte er dringend frische Luft gebraucht und war auf die große Terrasse hinter dem Haus geflüchtet, direkt in die Arme seiner Mutter, welche ihn mit Vorhaltungen überfiel, dass er dem ganzen Vorhaben inzwischen sehr unmotiviert entgegenstehe.

Robert saß an dem großen gusseisernen Gartentisch und hatte die Arme vor der Brust verschränkt. »Er kann ja auch da auf den Koppeln anfangen. Aber die Weinstöcke kommen erst nach der Ernte weg. Ich lasse ihn doch nicht noch die letzte Ernte zerstören, zumal wir noch gar nicht wissen, ob das …«, er vermied es, das Thema mit den Levalls auszusprechen, »… auch überhaupt so klappt, wie er sich das jetzt vorstellt.«

Catherine winkte mit der freien Hand ab. »Das wird schon klappen. Was soll Maxime denn noch machen. Er wird das Angebot annehmen, ebenso wie diese komischen Engländer, und dann haben wir hier Ruhe. Schlimm genug, dass sich das alles verzögert.«

»Stört es dich eigentlich gar nicht, dass Pierre hier so mir nichts, dir nichts auftaucht und alles verändern will?« Robert hatte diese Frage schon einige Male gestellt, doch seine Mutter war immer ausgewichen. Auch jetzt rümpfte sie nur die Nase und wandte sich von ihm ab. »Mama?«

»Er ist ja nicht so mir nichts, dir nichts hier aufgetaucht. Hast du vergessen, dass er in nicht allzu langer Zeit dein Schwiegervater werden wird? Und schließlich hast du dem Ganzen ja auch zugestimmt«, entgegnete sie in brüskem Ton.

Robert fuhr sich mit beiden Händen übers Gesicht. »Ja, habe ich verdammt noch mal. Aber ich stelle jetzt auch einiges davon in Frage. Hier wird bald nichts mehr so sein, wie es war. Ich … ich weiß eben nicht, ob das der richtige Weg ist.«

»Ach, jetzt wirst du unsicher? Himmel, Robert!« Sie starrte ihn mit eiskalten Augen an. »In unserer Familie ist doch ohnehin nichts mehr so, wie es einmal war. Und du bist nicht ganz unschuldig daran, vergiss das nicht!«

»Fang jetzt nicht so an, Mama! Das Vergangene hat nichts mit der aktuellen Situation zu tun.«

»Nicht?« Sie lachte kurz sarkastisch auf. »Mir war so, als wärst du nicht ganz unschuldig daran, dass das Château seit Jahren deutlich mehr Geld ausgibt.«

Robert sah sie wütend an. »Ich bitte dich, das ist ja wohl auch das Mindeste, was wir tun können.«

»Eben, und daher müssen wir auch sehen, dass wir mehr Geld auftreiben, als wir mit dem Wein verdienen können. Ich habe schon deinen Vater damals gewarnt, dass uns das eines Tages das Genick brechen wird. Aber er wollte ja auch nur weiter auf den Wein setzen und trotzdem den guten Samariter spielen.«

»Das gehört sich ja wohl so!«, entgegnete er brüskiert. Er hatte die Einstellung seiner Mutter zu diesem Thema nie verstanden. Wie konnte man einen Teil der Familie einfach so streichen, aus seinem Leben tilgen.

Jetzt wurde ihre Stimme schrill. »Wenn *ihr* damals nicht so fahrlässig gewesen wärt!« Sie schüttelte den Kopf. »Ihr habt alles zerstört. Und wenn du jetzt nicht aufpasst, wird dir das noch mal gelingen.« Sie fixierte Robert mit kaltem Blick. »Also halt dich zurück!«

In Robert zog sich etwas schmerzhaft zusammen. Er wusste sehr wohl, dass sie ihn für alles verantwortlich machte und dass er als Papakind nie so hoch in ihrer Gunst gestanden hatte. Sie hatte sich die Zukunft des Château de Mérival gänzlich anders vorgestellt. Doch es war nun mal so gekommen. Er selbst trug schwer genug daran, dass sie seit Jahren verlangte, dass er es wiedergutmachte, indem er tat, was *sie* für gut hielt. Er hatte diese Bürde immer getragen. Schließlich hatte das Schicksal der Familie übel mitgespielt, nicht nur durch den frühen Tod des Vaters. Alles auf dem Château de Mérival ändern zu wollen, war etwas, wonach sie schon lange strebte. Wahrscheinlich half ihr das, alles zu verarbeiten, und war ihre Art, die Vergangenheit auszumerzen. Er konnte dies aber nicht so einfach. Und eines Tages würde Catherine sowieso alles offenlegen müssen. Spätestens, wenn Isabel und Pierre durch eine Heirat in die Familie aufgenommen werden würden, könnte man gewisse Dinge nicht vor ihnen verheimlichen. Er selbst hätte ja schon vor langer Zeit mit offenen Karten gespielt, doch seine Mutter hatte ihn angeherrscht, sich bei Mergot damit nicht alle Chancen zu verspielen. Was sollten Isabel und ihr Vater denn von ihnen denken. Robert schnaubte leise. Ja was würden sie denn erst denken, wenn es ihnen so viel später offenbart würde. Dieser ewige Zwiespalt zermürbte ihn. Warum hatte er sich auf dieses Versteckspiel überhaupt eingelassen?

Etwas später war er genervt aufgestanden und in Richtung der Pferdeställe gegangen. Der strafende Blick seiner Mutter verfolgte ihn in Gedanken. Erst als er durch das große Eingangstor der Stallungen geschritten war, besserte sich seine Laune. Leises Wiehern begrüßte ihn und der süß-würzige Duft nach Heu.

»Ah, Monsieur. Hallo!« Franco, der Stallbursche, Gärtner und Mädchen für alles, begrüßte ihn fröhlich.

»Hallo. Alles in Ordnung hier?« Robert sah im Vorbeigehen in die Pferdeboxen.

Franco, der die Stallgasse gefegt hatte, hielt inne und stützte sich auf den Besen. »Oui, Monsieur. Aber die Stuten sind etwas ungehalten, weil sie heute nicht auf die Weide können.« Er deutete mit einem Kopfnicken nach draußen, wo immer noch einige Lieferwagen des Bauunternehmens die Zugänge der Koppeln blockierten.

»Die Vermessungsarbeiten sind bald abgeschlossen, dann können sie wieder auf die rechten Koppeln. Auf die linken nicht, da stehen jetzt ja überall Pfähle, und die Männer haben Bänder gespannt. Das wäre zu gefährlich. Wir müssen schauen, dass wir die Koppeln bis hin zum Wald neu einzäunen, dann können sie dorthin.«

»Nächstes Jahr werden wir dann Heu zukaufen müssen«, gab Franco leise zu bedenken.

Robert wusste, dass es ihn auch wurmte, dass sich auf dem Château bald einiges ändern würde. Die Pferde mussten zurückstecken. Die hausnahen Koppeln waren nun Bauland, und die Koppeln, auf denen sie das Heu gewonnen hatten, würden zukünftig auch als Weideland dienen müssen. Die Fläche reichte zwar aus, es gab in den Ställen des Châteaus nicht mehr so viele Pferde wie früher, aber es würde aufwendiger werden, das Winterfutter zu bekommen, und Robert würde einiges zukaufen müssen. Doch auf die Pferde würde er nicht verzichten. Es gab noch zwei Stuten als Reitpferde, drei weitere, die nur zur Zucht dienten und ihnen jedes Jahr ein Fohlen schenkten, und in einem kleineren Stall abseits der Stuten stand noch Isabels Hengst Juan. Ihm tat das Tier manchmal leid. Juan bekam kaum freien Auslauf, denn Isabel beharrte darauf, dass er dann an Temperament verliere. Dass er aber deswegen unter dem Sattel so spritzig war, dass sie ihn nur auf dem Dressurplatz reiten und nie ins Gelände gehen konnte, ließ sie als Argument nicht gelten. Dabei war es wohl genau das, was das Tier einmal gebraucht hätte, am Strand seine Beine zu strecken und den Wind in den Nüstern zu spüren.

»Ich werde heute Abend einen Ausritt machen, wenn es nicht mehr so warm ist.«

»Oui, Monsieur. Möchten Sie Rivana oder Lavina nehmen?«

»Rivana«, antwortete Robert nach kurzem Überlegen. Rivana war das letzte Fohlen, das von seinem Vater gezogen worden war. Robert gab sich jedes Jahr Mühe, für die anderen Stuten passende Hengste auszuwählen. Schlecht war die bisher gezeugte Nachzucht auch nicht gewesen, aber noch kamen die Fohlen und Jungpferde nicht an die Qualität heran, die sein Vater einst gezüchtet hatte. Rivana wäre, würde Roberts Vater noch leben, vielleicht ein erfolgreiches Springpferd geworden, doch Robert hatte es nicht übers Herz gebracht, sie zu verkaufen. Und er wusste, dass die Stute nichts mehr liebte als einen schnellen Ritt am Strand. Sie wäre in einem Turnierstall nur unglücklich geworden.

Robert tätschelte Lavina im Vorbeigehen entschuldigend die Nüstern. »Dich nehm ich dann morgen mit raus, Mädchen.« Der warme Atem des Pferdes ließ ihn kurz erschaudern, weckte er doch auch ganz andere Erinnerungen und sein schlechtes Gewissen. Als er sich Cora gegenüber als Franco ausgegeben hatte, hatte er sie zu einem Ausritt überredet und sie Lavina reiten lassen. Cora war nach eigener Aussage seit ihrer Kindheit nicht mehr geritten, aber er hatte sofort gesehen, dass sie sich auf dem Pferderücken wohlfühlte und noch sehr gut zurechtfand. Reiten war wie Schwimmen, man verlernte es nicht, nur bekam man einen gehörigen Muskelkater, wenn man es lange nicht getan hatte. Er musste schmunzeln. Cora war an besagtem Tag auch etwas steifbeinig abgestiegen, hatte aber über das ganze Gesicht gestrahlt. Zuvor waren sie durch die Brandung am Atlantik galoppiert. Für ihn ein kurzer, aber sehr intensiver Augenblick. Er hatte Cora beobachtet, wie sie geschmeidig den Bewegungen des Pferdes gefolgt war und wie ihre Hände sanft die Zügel geführt hatten, etwas, was Isabel trotz vieler Jahre Reitunterricht nicht in dem Maße gelang. Als Reiter hatte man eben dieses intuitive Gespür für das Tier unter sich oder eben nicht. Manche Reiter erarbeiteten es sich mühevoll, andere lernten es nie.

Für Robert war dieser kurze Moment, in dem er Cora beim Reiten beobachtet hatte, gleichzeitig ein tiefer

Blick in ihre Seele gewesen. Und er hatte sein Herz hoffnungslos an sie verloren, wie er sich jetzt gerade wieder eingestehen musste. Wenn ihm nur etwas einfallen würde, wie er seinen Fauxpas ausmerzen konnte. Er hatte sie belogen, und das in den sensiblen ersten Momenten des Kennenlernens. Er war so ein Ochse gewesen!

»Alles in Ordnung, Monsieur?« Franco sah Robert fragend an.

Robert räusperte sich. Er musste wohl einen Moment lang sehr gequält ausgesehen haben. »Ja, alles okay. Ich war nur in Gedanken.« Er besann sich. Coras Gegenwart war nur ein flüchtiger Augenblick gewesen, der ihn ins Straucheln hatte kommen lassen. Er sollte sich auf wichtigere Dinge konzentrieren, vor allem auf Dinge, die unabwendbar waren. Er war mit Isabel verlobt, und er würde sie heiraten. Dass er seine Gefühle in Frage stellte, lag sicher nur an seiner Angst vor den einschneidenden Ereignissen, die sich auf dem Château de Mérival abzeichneten. Dennoch verspürte er den Drang, sich bei ihr zu entschuldigen, und das würde er jetzt auch tun.

7

LONDON

Es war Freitagnachmittag, und Cora hatte es geschafft, fast eine ganze Woche lang nicht an Frankreich und auch nicht an den Anruf von Amy zu denken. Sie hatte auf ihre Bewerbungsunterlagen zwei Einladungen zu Vorstellungsgesprächen bekommen und viel Zeit mit der Vorbereitung verbracht. Diesmal wollte sie nicht so blauäugig in die Falle tapsen wie beim Verlagshaus Breigthon und damit glänzen, gar nicht zu wissen, womit sich der potenzielle neue Arbeitgeber befasste.

Kandidat eins war ein kleiner Zeitungsverlag in Hillingdon gewesen. Leider war das der westlichste Stadtteil von London, und sie war fast zweieinhalb Stunden mit der Bahn dorthin unterwegs. Die Stelle war zudem nur eine halbe, und die herausgegebenen Blätter waren überwiegend interne Schriften großer, in London ansässiger Firmen. Es drehte sich also vorrangig um produktionsinterne Themen. Cora war sich nicht sicher, ob sie sich mit diesem doch eher speziellen Bereich anfreunden konnte. Diesen Job hatte sie demnach auf der Rückfahrt schon fast zurückgestellt.

Das zweite Vorstellungsgespräch fand direkt in City of London statt. Ein Tourismusbüro suchte einen neuen Redakteur für die ganzen Informationsunterlagen, die für Touristen zusammengestellt wurden. Hier war sie sofort Feuer und Flamme. Das Büro lag zentral, die Stimmung schien entspannt zu sein, die Arbeitszeiten und das Gehalt würden stimmen, aber leider gab es mehr als dreißig Bewerber um die Stelle. Zwar hatte die Leiterin des Büros sie mit den Worten verabschiedet, man würde sich in Kürze bei ihr melden, aber dass sie dort aus dem Rennen wäre, sobald einer der Bewerber auch nur minimal mehr Erfahrungen im Tourismusbereich hätte, war ihr bewusst. Also hielten sich auch bei diesem Stellenangebot ihre Hoffnungen in Grenzen.

Doch sie hatte das erste Mal seit fünf Wochen wieder aktiv am Leben teilgenommen, hatte öfter das Haus verlassen, war durch die Stadt gefahren und fühlte sich schon wieder deutlich näher am Alltag als noch zu Beginn der Woche. Sie hatte es sogar geschafft, einkaufen zu gehen und ihre Küche mit ein paar nahrhafteren

Dingen zu bestücken als nur Kaffee und Keksen. Jetzt nur nicht rückfällig werden, das nahende Wochenende bereitete ihr etwas Sorge.

Bevor die trübe Laune und das Nachgrübeln wieder anfangen konnten, beschloss sie, ein schon lange überfälliges Gespräch zu führen. Sie nahm ihr Telefon und tippte die Nummer ihrer Eltern ein.

»Thompson«, meldete sich die Stimme ihrer Mutter und ließ Cora gleich ganz warm ums Herz werden.

»Hi, Mama, ich bin's.«

»Cora, mein Schatz, wie geht es dir? Papa und ich haben uns schon Sorgen gemacht.«

Cora gehörte nun nicht zu den Töchtern, die sich wöchentlich oder gar täglich bei ihren Eltern meldete, aber ein- oder zweimal im Monat versuchte sie schon, daran zu denken. Jetzt war es bereits deutlich länger her, genau genommen fast drei Monate. Da war ihre Kündigung noch ganz frisch gewesen, und sie hatte sie mit keinem Ton erwähnt.

»O Mama, tut mir leid, es war so viel los. Aber hier ist alles in Ordnung. Wie geht es euch?« Sie versuchte gleich, etwas von sich abzulenken.

»Dein Vater ist beim Büscheschneiden von der Leiter gekippt. Ist aber nichts passiert, nur dass unsere Hecke jetzt ein deutliches Loch hat.« Ihre Mutter plauderte fröhlich drauflos. »Die Nachbarn haben einen neuen Hund, der ihren ganzen Garten umgräbt. Tante

Betty war ein paar Tage zu Besuch, und die Cousine von Linda hat einen Sohn bekommen.«

Die Worte ihrer Mutter führten Cora blitzartig in das dörfliche Chesham, wo jeder jeden kannte und wo der soziale Kontakt über die Gärten und Grundstücksmauern lief. Der tägliche Besuch beim Bäcker war informativer als die Tageszeitung, und Cora wurde mal wieder bewusst, dass sie nicht mal alle Namen der Menschen kannte, die in ihrem Haus lebten. Geduldig und sogar mit ein wenig Genuss hörte sie ihrer Mutter zu, wie diese ihr den neuesten Klatsch und Tratsch erzählte.

»Hach, aber diese schrecklichen Gewitter dieses Jahr. Unsere Apfelbäume sehen schon ganz zerpflückt aus«, schloss ihre Mutter irgendwann die Dorfneuigkeiten ab. Wenn sie beim Wetter angekommen war, war alles Wichtige erzählt.

»Hier hat es gar nicht so viel gewittert«, meldete sich Cora nun auch mal zu Wort.

»Was gibt's denn sonst so bei dir Neues, Tochter?«

Cora zögerte, aber so langsam musste sie ihren Eltern reinen Wein einschenken. »Ach Mama, ich habe doch nicht so gute Nachrichten. Mein Job beim *East London Guardian* wurde vor einigen Monaten eingekürzt. Aber ich habe mich schon um einige neue Jobs beworben.«

Ihre Mutter schwieg einen Augenblick. »Ach Schätzchen, das tut mir leid. Warum hast du uns das denn nicht eher erzählt?«

Cora versuchte das Ganze nicht so schlimm klingen zu lassen und bemühte sich um einen fröhlichen Ton. »Ach, das wird schon, ich hatte schon ein paar Vorstellungsgespräche, und ich habe bestimmt bald was Neues.«

»Hm«, machte ihre Mutter. Cora hatte ihren besorgten Gesichtsausdruck förmlich vor Augen. »Brauchst du Hilfe? Kommst du klar, ich meine ... finanziell?«

»Noch ist alles okay, Mama. Ich habe in den letzten Jahren ein bisschen was gespart, und eine kleine Abfindung gab's auch. Bis ich etwas Neues habe, sollte es wohl reichen.«

»Sonst melde dich. Du weißt, dass Papa und ich immer für dich da sind.«

»Ja, Mama, danke, aber ich komm schon klar.« Sollte sie von Frankreich erzählen? Sie überlegte hastig. Sie konnte es ja etwas knapper halten. »Du, Mama, ich war auch kurz im Urlaub. In Frankreich.«

»Frankreich?« Nun war Verblüffung in der Stimme ihrer Mutter zu hören. Diese wusste sehr wohl, dass Cora für gewöhnlich nicht gerade sehr reisefreudig war.

»Ja, ich dachte, das wäre mal ganz nett. So von wegen neue Impulse und so, mal den Kopf freibekommen.«

»Aha. Da hättest du dich auch mal melden können, bevor du ins Ausland reist.«

»Ja, Tschuldigung. Das kam aber recht spontan, und ich war ja auch nur zehn Tage weg.«

»War's denn schön?«

»Ja, tolle Gegend. Südfrankreich war's. Schön warm, gutes Essen, viel Wein.«

»Na dann.«

Cora spürte, dass es ihrer Mutter missfiel, darüber nicht Bescheid gewusst zu haben, vielleicht sogar mehr, als dass sie nicht erzählt hatte, dass sie ihren Job verloren hatte.

»Mama, ich bin erwachsen.«

»Ja, weiß ich doch, Cora. Aber so ganz allein in einem fremden Land.«

»Ich bin ja wieder da. Und jetzt muss ich auch Schluss machen. Gib Papa einen Kuss von mir und grüße ihn. Ich melde mich, wenn es was Neues in Sachen Job gibt. Macht euch keine Sorgen.«

Cora sah noch einige Zeit liebevoll auf ihr Telefon. Vielleicht sollte sie ihre Eltern mal wieder besuchen. Zuletzt war sie Weihnachten in Chesham gewesen.

Noch während sie das Telefon in der Hand hielt, piepte es wieder los. Sie erschrak ein bisschen. Als sie Ivys Nummer auf dem Display sah, lächelte sie und ging dran.

»Hi, Ivy!«

»Hi, Cora. Ich hab tolle Neuigkeiten. Sherine hat sich bei mir gemeldet.«

»Sherine?« Cora stand etwas auf dem Schlauch.

»Na die Sherine, von der ich dir neulich erzählt habe. Die vom *So-Far-Travel-Magazine*. Sie war doch ganz interessiert, als ich ihr erzählt habe, du wärst unlängst in Frankreich auf so einem Weingut gewesen.«

»Du hast was? Ivy, das hast du mir aber nicht erzählt!«

»Okay, hab ich vielleicht zu erwähnen vergessen. Aber ist doch jetzt auch egal. Sie hat mich auf jeden Fall angerufen und will sich mit uns treffen, um dich mal kennenzulernen. Sie hat vielleicht einen Auftrag für dich. Das wär doch super.«

»Aha.« Cora war etwas sauer. Sie wusste, dass Ivy gerne und viel redete, und es war ja auch kein Geheimnis gewesen, dass sie in Frankreich gewesen war, aber es gleich Wildfremden auf die Nase zu binden?

Ivy hatte Coras Stimmung schon wieder blitzschnell erfasst. »Ja, du darfst dich auf später freuen. Ähm … du hast doch heute Abend nichts vor, oder?«

»Heute Abend?«

»Wir treffen uns um acht im Shakers, okay?«

»Um acht? Ivy, ich weiß nicht …«

»Hey, ich bemühe mich für dich, jetzt lass mich bloß nicht blöd dastehen.«

»Um acht, ich bin da.«

»Super. Bis nachher, Küsschen!«

8

Das Shakers war eine kleine, angesagte Cocktailbar im East End von Westminster. Während dort andere Bars wie Pilze aus dem Boden schossen und auch schnell wieder verschwanden, hielt sich das Shakers schon eine gehörige Weile. Cora war früher oft da gewesen, einige Male auch mit Ben, ihrem Exfreund. Diese Beziehung war seit zwei Jahren beendet. Ben und sie waren einfach zu unterschiedlich gewesen. Nachdem die ersten Schmetterlinge verflogen waren, hatten sich schnell Langeweile und Gleichgültigkeit eingeschlichen, und sie hatte es irgendwann beendet. Sie trauerte dem nicht nach.

Einzig, dass es ihr anscheinend nicht gegönnt war, den Mann des Lebens zu treffen und sich in eine feste Beziehung zu begeben, mit allen Folgen wie räumliches Zusammenziehen oder gar Familiengründung, betrübte sie.

Kurz vor acht stand sie vor der kleinen Bar und wartete. Es war für Londoner Verhältnisse noch früh am Abend. Sie erspähte Ivy schon von weitem. Ihre Freundin schien beim Friseur gewesen zu sein, ihre Haare leuchteten in einem frischen kupferfarbenen Rotton. Ivy trug hohe schwarze Stiefel, ein blaues Samtkleid und einen wehenden weißen Schal. Cora zupfte sich verlegen an ihrem eigenen Haar und beurteilte ihr Aussehen plötzlich kritischer als noch bei ihrem Aufbruch zu Hause. Sie hatte es nur einfach zu einem Knoten aufgesteckt, nur wenig Make-up benutzt, und ihre Kleiderwahl sah auch nicht nach einer längeren Nachtveranstaltung aus. Sollte es doch auch nicht werden? Sie hoffte es.

»Hi, Cora!« Ivy umarmte ihre Freundin zur Begrüßung. »Schön, dich zu sehen.«

»Hi, Ivy!«

Ivy sah rasch an Cora hinab und hob leicht die Augenbrauen. »Wir müssen unbedingt an deiner Motivation, auszugehen, arbeiten. Du siehst aus, als ob du gleich zurück aufs Sofa willst.«

»He, ich wollte heute nicht auf eine Party, und das Treffen hier … Ich dachte, etwas seriöser zu wirken wäre nicht schlecht.« Cora schielte dabei auf Ivys hohe Stiefel.

»Die sind neu.« Ivy stellte ein Bein nach vorn. »Coole Teile, was? Komm, lass uns reingehen.«

»Meinst du, diese Sherine ist schon da?« Cora bekam Angst, dass sie sie vielleicht schon die ganze Zeit von drinnen beobachtete.

»Nein, aber sie ist auf dem Weg, schrieb sie mir eben. Wir können ja schon mal was trinken.«

Cora folgte Ivy in die Bar. Im Innern herrschte ein buntes Schummerlicht, welches von vielen verschiedenfarbigen Lampen ausging. Ebenso bunt waren die hier angebotenen Getränke. Nachdem sie an einem der Tische Platz genommen hatten, bestellte Ivy einen schlichten Martini und Cora einen Planter's Punch. An diesen Cocktail erinnerte sie sich noch – Rum mit Zucker, Limette, Ananas und Granatapfel. Süß und sauer und mit einem guten Schuss Alkohol, den sie jetzt gut gebrauchen konnte.

Gerade als ihre Getränke kamen, betrat eine hochgewachsene blonde Frau die Bar, sah sich um und steuerte gleich auf Ivy und Cora zu. Sie sah kleidungsmäßig ebenfalls aus, als würde sie eine längere Partynacht planen.

»Hallo, Ivy! Cora?«

»Hallo!«, begrüßten Ivy und Cora sie wie aus einem Munde.

»Freut mich, euch zu sehen. Entschuldigt, dass ich etwas zu spät bin.«

Cora versuchte in ihren Erinnerungen auszugraben, wann und wo sie Sherine kennengelernt hatte. Ivy hatte zwar vom Jack's gesprochen, aber Cora konnte sich überhaupt nicht mehr daran erinnern. Sherine hingegen wohl schon, da sie sich nicht noch einmal vorstellte.

»Kommen wir gleich zur Sache«, begann sie auch sofort, während sie dem Kellner winkte. »Einen Singapore Sling bitte. Cora, Ivy hat mir erzählt, du wärst gerade in Südfrankreich auf einem Weingut gewesen.«

»Das ist richtig, ja.« Cora versuchte, ihre Stimme fest und sicher klingen zu lassen. Wenn sie heute schon die graue Maus am Tisch war, wollte sie wenigstens mit Souveränität glänzen, worum es auch immer ging.

»Das ist total interessant. Ich arbeite ja für das *So-Far-Travel-Magazine*. Kennst du bestimmt, oder?«

»Ja, kenne ich.« Kennen war übertrieben. Sie hatte diese Zeitschrift einige Male durchgeblättert, zumeist, weil irgendwelche reizvollen Traumziele auf dem Titelblatt bildreich dargestellt wurden.

Sherines Cocktail kam, und sie hob das Glas. »Cheers.«

»Cheers!«

»Cheers!«

»Also wir wollen im nächsten Jahr deutlich mehr europäische Ziele porträtieren. Du weißt schon, Spanien, Italien, aber auch den Norden wie Schweden und so und natürlich auch Frankreich. Und da – wie in den anderen Ländern auch – insbesondere die ländlichen

Gegenden. Dort geht ja total der Urlaubstrend hin, so mit schlafen auf dem Heuboden oder in kuscheligen kleinen Hütten oder eben bei kleinen Gastgebern. In Frankreich sind es die Weingüter, die das oft bieten.« Sherine nahm einen großen Schluck von ihrem Cocktail. »Also dafür suchen wir noch jemanden. Das wird eine jeweils vierseitige Reportage über drei Ausgaben. Die Bezahlung ist gut, die Recherchereise übernehmen wir.« Sie hob beide Hände zu einer einladenden Geste.

Statt Cora quietschte Ivy freudig auf. »Cora, das hört sich doch super an! Wenn ich nicht selbst nur eine langweilige Buchhalterin wäre, würde ich es sofort machen.«

Cora stellten sich ganz andere Fragen. »Wie groß soll denn der Textumfang sein? Muss ich Fotos liefern? Was genau an Gastgebern wäre anzusteuern?«

Sherine winkte, als wäre es eine leichte Aufgabe. »Ach, was sich da halt so findet. Ein paar Weingüter wären gut, aber wenn du noch was anderes Lauschiges kennst, kleine Pensionen oder Bed and Breakfast oder so, du hast da fast freie Hand. Also keine Campingplätze, das ist klar, aber ansonsten ist erlaubt, was hübsch ist, Stil hat und wo es vielleicht noch kulinarisch was zu berichten gibt. Wo warst du da noch gleich?«

»Im Médoc, oberhalb von Bordeaux.«

»Ja guck, bestimmt eine tolle Gegend mit viel Rotwein.«

Eine ganz andere Frage drängte sich Cora auf. *Wollte* sie überhaupt wieder nach Frankreich? Während Sherine und Ivy über die Vor- und Nachteile von Rotwein im Vergleich zu Cocktails sinnierten, wanderten ihre Gedanken ins Médoc. Es gab da sicher viel zu berichten. Allein der Strand bei Soulac-sur-Mer, an dem es im Sommer abends Musik und Lagerfeuer gab. Dann der Leuchtturm, den sie mit Robert besucht hatte, der mitten im Meer vor der Flussmündung stand. Ihre Kehle schnürte sich zu, so dass sie nach ihrem Getränk griff. Und die Gegend um Bordeaux oder die andere Flussseite hatte sie noch gar nicht kennengelernt. Es war wirklich nicht nur das dort Erlebte, sondern eben insbesondere auch die Landschaft, die sie gefangen genommen hatte – Dünen, Meer, Wälder, blühende Ginsterfelder, der Wein mit seinen vielen unterschiedlichen Grüntönen, die Sonne, die glutrot im Meer versank, oder der schleierhafte Nebel, der sich am Morgen zwischen die Hügel legte. In ihr schrie plötzlich die Sehnsucht.

»Ich mache es!«, entfuhr es ihr.

»Was?« Sherine war noch ganz im Gespräch mit Ivy versunken gewesen.

»Ich mache es! Ich schreibe euch diese Berichte.«

Sherine klatschte in die Hände. »Super! Dann komm nächste Woche in die Redaktion. Ich brauche nur einen ungefähren Reiseplan und eine Schätzung der Kosten. Du kannst loslegen, wie es dir passt. Den ersten Artikel brauche ich im November.«

Cora bestellte sich noch einen Cocktail. Ivy und Sherine diskutierten derweil, welche aktuell die angesagtesten Diskotheken seien. Cora konnte da nicht mitreden. Aber sie hatte einen Job. Sie hatte einen Job! Und der würde sie zurück nach Frankreich bringen. Und dies unverfänglich und unabhängig von allem anderen. Ihr Herz machte einen Freudensprung.

9

Am nächsten Morgen schwankte Coras Stimmung zwischen hoch und tief. Einerseits freute sie sich sehr über den ergatterten Auftrag. Zumindest würde sie sich so etwas länger über Wasser halten können. Frankreich lockte sie, alleine die Erinnerungen an die Landschaft trieben ihr einen Schauer über die Haut. Andererseits kamen natürlich auch die Erinnerungen an die Domaine Levall und das Château de Mérival und somit an Pascal und Robert, gleich zwei Dornen, die tief stachen. Aber das Médoc war groß. Sie würde den beiden ja nicht zwangsläufig über den Weg laufen. Und vielleicht würde sie dann auch eine Entscheidung treffen können, was sie mit ihrem Land tat. Was das betraf, war sie immer noch ganz zerrissen. Je länger der Weg in den Norden des Médoc wäre, desto besser wohl. Sie klickte ein wenig im Internet herum, um passende Ziele ihrer Reise ausfindig zu machen.

Als Ausgangspunkt würde sie Bordeaux nehmen und von dort vielleicht erst südwestlich zur Bucht von Arcachon fahren. Die Gegend schien für ihre Austern bekannt, perfekt, eine kulinarische Rundreise zu starten. Nordwärts könnte die Route dann über Lacanau zu den beiden großen Seen führen, welche durch Dünen und Wald abgetrennt vom Atlantik lagen. Auch ein sehr beliebtes Feriengebiet laut Internet, allerdings mit vielen Campingplätzen. Sie musste schmunzelnd an die Davingtons denken. Ob die noch auf der Domaine Levall waren? Sie riss sich zusammen und konzentrierte sich wieder auf ihre Suche. Die kleine Stadt Carcans versprach da einiges mehr an Restaurants. Dann ginge es weiter nach Hourtin und von dort aus wieder nach Osten, wo sich an der Gironde das große Weinanbaugebiet erstreckte. Oder sollte sie sich lieber erst auf den Wein konzentrieren und erst später den Artikel mit weiteren Spezialitäten ergänzen? Sie merkte, wie ihr die Planung Spaß bereitete. Sie war zwar weit davon entfernt, ein Restaurantkritiker zu sein, aber sie hatte ähnliche Artikel schon für den *East London Guardian* verfasst. Das würde sie schaffen. Als sie auf die ersten Seiten der Weingüter schaute, waren die Bilder des Château de Mérival und der Domaine Levall wieder sehr präsent. Wunderschöne, von Blumen umrahmte Häuser waren zu sehen, Gewölbekeller mit alten Holzfässern. Sie musste schlucken. Die Erinnerung überschwappte sie wie eine Welle – das Licht der Kerzen, das über die weiß gekalkten Mauern getanzt war, der Geruch der alten Barriquefässer, der Geruch von Pascal, der ihr ganz nahe gewesen war. Ihr wurde ganz heiß. Ruckartig stieß sie den Laptop von ihren Knien und stand von ihrem Sofa auf. »Verdammt!«, fluchte sie.

Sie ging in die Küche und holte sich noch einen Kaffee. Der kühlte zwar nicht ab, brachte sie aber etwas zur Besinnung. Am Fenster sah sie den Postboten draußen vorbeilaufen. Als er weg war, ging sie zu den Briefkästen. Noch gab es ja die Chance, dass sich vielleicht auch jemand auf ihre anderen Bewerbungen meldete.

Statt eines größeren Umschlags, der die Rücksendung oder gar Antwort auf eines ihrer Schreiben hätte beinhalten können, rutschte ihr ein kleiner Umschlag in die Hände, ein Umschlag, der sie gleich wieder nach Luft schnappen ließ. Er kam aus Frankreich und trug den eingeprägten Schriftzug Château de Mérival.

Wie in Trance tappte sie mit diesem Brief zurück in die Küche, legte ihn auf den Tisch und starrte ihn minutenlang an. Dann setzte sie sich auf einen Stuhl und nahm ihn zaghaft in die Hände. Auf der Rückseite stand kein Name als Absender, nur die Adresse des Châteaus. Sie wägte ab. Entweder war er von Monsieur Mergot wegen des Landkaufs oder von Robert.

Er hatte sie nach ihrer überstürzten Abreise am Telefon zu erreichen versucht und ihr Nachrichten geschickt, sie solle sich doch bitte bei ihm melden. Doch da jedes Mal der Name Franco auf ihrem Display erschien, kochte auch jedes Mal die Wut über seinen Betrug wieder in ihr hoch. Sie hatte ihm geschrieben, er solle sie in Ruhe lassen. Danach hatte Stille geherrscht.

Sicher war der Brief von Mergot, der endlich das Land erwerben wollte. Cora begann, den Umschlag zu öffnen, wurde aber Zentimeter um Zentimeter langsamer dabei. Vielleicht zog Mergot sein Angebot zurück? Unwahrscheinlich, aber nicht ausgeschlossen. Dann hätte sie sich durch ihr Zögern um eine schöne Stange Geld gebracht. Geld, das du eigentlich gar nicht haben willst, konterte eine Stimme in ihrem Kopf.

Sie gab sich einen Ruck und zog den Brief aus dem Umschlag. Beim Entfalten wurde ihr sofort klar, dass er nicht von Mergot war. Der würde ihr wohl kaum von Hand schreiben.

Liebe Cora,
bitte lies diesen Brief und gib mir die Chance, mich zu erklären und mich vor allem zu entschuldigen. Ich habe Mist gebaut. Ich hätte Dich, was meine Person angeht, nicht anlügen sollen. Aber hättest Du gewusst, wer ich bin, hättest Du mir wohl kaum eine Chance gegeben. Es war ein Fehler, den ich sehr bereue, und ich würde einiges darum geben, Dich noch einmal ganz unbefangen kennenzulernen, nicht

aufbauend auf einer Lüge. Unser erster Kontakt stand einfach unter keinem guten Stern.
Da Du nun weißt, wer ich bin, wirst Du wohl auch alles andere über mich wissen. Ich wollte weder Isabel noch Dich hintergehen. Du bist mir an jenem Tag wortwörtlich in die Arme gefallen, und ich habe spontan gehandelt, als ich sagte, ich sei Franco. Die kurze Zeit mit Dir hat mir sehr gefallen, das kann ich nicht abstreiten. Dennoch war sie wohl nur ein kurzes Aufleuchten, und ich habe mich einige Stunden dazu hinreißen lassen, mich einfach gehen zu lassen. Es tut mir leid, wenn ich Dich damit verletzt habe, und es ist Dein gutes Recht, sauer auf mich zu sein.
Solltest Du noch einmal hierherkommen – und sei es nur, um den Verkauf des Landes abzuschließen –, würde ich mich dennoch freuen, wenn wir noch einmal vernünftig miteinander reden könnten. Es fällt mir nicht leicht, das unter meine Zeilen zu setzen, aber bedenke bitte, dass von den Ländereien meine Existenz abhängt.
Robert Chevalier

Cora ließ den Brief sinken. Sie starrte auf die geschwungene Unterschrift. Bis zum letzten Absatz hatte ihr Herz noch aufgeregt geklopft, um dann Wort für Wort, Schlag um Schlag langsamer zu werden. Es war also doch etwas dran, er hatte sie nur benutzen wollen, um an das Stück Weinberg zu kommen. Sie schüttelte den Kopf. Die ersten Zeilen sagten ihr etwas anderes. Sie wusste nicht, was sie glauben sollte oder was sie glauben wollte. Langsam faltete sie den Brief wieder zusammen.

Dass seine Existenz davon abhing – sie lachte leise und höhnisch auf. Dachte er dabei auch einmal an Maxime? Dessen Existenz würde durch sein Handeln ausgelöscht.

Robert hatte für sie zwei Gesichter, beide undurchsichtig und unergründlich. Warum hatte er nicht wirklich Franco sein können, ein einfacher Gärtner und Stallbursche?

Den ganzen restlichen Tag und bis spät in die Nacht grübelte sie, was sie nun tun sollte. Wahrscheinlich war es wirklich am besten, die Sache erwachsen anzugehen und hinzufahren. Doch allein zu den Chevaliers? Das traute sie sich nicht. Nicht, weil sie Angst vor der geschäftlichen Sache hatte oder gar vor diesem Mergot, sondern weil sie Angst hatte, in die Zwickmühle gelangen zu können, mit Robert allein zu sein. Sie wusste nicht, wie weit sie sich dann beherrschen könnte. Womöglich würde aus ihr herausplatzen, dass sie nicht nur über seine Lüge bitter enttäuscht war, sondern auch ein gebrochenes Herz hatte. Und diese Blöße wollte sie sich nicht geben. Sie wusste nicht, ob die Davingtons noch dort waren, und auch nicht, wie die Levalls auf sie reagieren würden. Aber auch hier wäre wohl ein klärendes Gespräch angebracht, schließlich war sie diejenige, die die Flucht ergriffen hatte. Am Tag ihrer Abreise war sie zu durcheinander gewesen, aber jetzt mit etwas Abstand betrachtet, war es ein Fehler gewesen. Auch sie hatte einiges geradezubiegen.

10

Am nächsten Morgen erwachte Cora schlagartig und war sich der Lösung bewusst. Sie sah auf die grüne Anzeige ihres Digitalweckers. Es war kurz vor acht. Noch etwas früh. Sie stand auf, zog sich eine Trainingshose an und ging in die Küche. Während ihre Kaffeemaschine blubbernd das Wasser zu erhitzen begann, wanderte sie barfuß in der Küche hin und her. Warum war ihr das nicht gestern schon eingefallen. Sie sah auf die Küchenuhr. Kurz nach acht. Konnte man um diese Uhrzeit schon bei fremden Leuten anrufen? Sie beschloss, noch etwas zu warten. Eine dampfende Kaffeetasse in den Händen, ging sie ins Wohnzimmer. Draußen schlugen Regentropfen gegen die Fensterscheibe. Englisches Schmuddelwetter, obwohl das Wetter in den letzten Wochen gar nicht so schlecht gewesen war, sogar verhältnismäßig warm. Sie beobachtete eine Weile, wie die Tropfen die Scheibe hinabliefen. Dann stellte sie ihre Tasse auf den Wohnzimmertisch und griff nach ihrem Laptop. Es dauerte ein wenig, bis das Gerät hochgefahren war. Sie rief im Internet eine Seite auf, auf der man günstige Flüge buchen konnte. Vom Flughafen Gatwick aus gingen günstige Direktflüge bis nach Bordeaux. Sie speicherte den Link zu der Seite ab. Anschließend nahm sie ihr Telefon zur Hand – es war kurz vor neun –, suchte die Nummer aus den Kontakten und drückte auf »verbinden«. Es dauerte eine ganze Weile, bis am anderen Ende jemand abnahm.

»Hallo?« Die Stimme klang noch etwas verschlafen.

»Amy? Hallo, hier spricht Cora Thompson.«

»Oh, hallo.« Jetzt klang die Stimme verwundert.

»Ich muss mich entschuldigen, weil ich so früh störe, aber ich sollte mich doch melden, wenn ich plane, wieder nach Frankreich zu reisen.«

»Ja?«

»Also das kommt jetzt vielleicht etwas spontan, aber ich habe vor, einige Tage dorthin zu fliegen, und jetzt dachte ich, vielleicht möchten Sie ja mitkommen.«

»Fliegen?«, kam es leise aus dem Hörer.

»Wenn Sie keine Zeit haben ... War jetzt auch nur so eine Idee. Also falls Sie sich das Stück Land einmal ansehen wollen.«

»Wie lange fliegt man denn da?« Amys Stimme klang zögerlich.

Cora musste schmunzeln. Sie war auch kein großer Flug-Fan, aber von London war man mit dem Flugzeug binnen einer Stunde und vierzig Minuten in Bordeaux. Da dauerte eine Busfahrt durch London schon länger. Das versuchte sie nun, auch Amy zu erklären. »Der Flug dauert nicht lang, wirklich nicht. Man hat gerade mal Zeit, einen Saft zu trinken, und ehe man sich's versieht, ist man schon wieder gelandet.«

»Ich würde ja gerne und freue mich auch, dass Sie an mich gedacht haben, aber ich weiß nicht … Ist das denn teuer? Und wo werden wir da unterkommen? Ich meine, so in einem Hotel, das kann ich mir nicht leisten.«

»Ich kann bei den Levalls fragen. Sie haben ja sowieso noch den gewonnenen Aufenthalt gut. Der Flug kostet circa achtzig Euro plus Fahrt zum Flughafen. Ich weiß ja nicht, von wo Sie kommen.«

»Oh, ich wohne in Partridge Green, das ist nicht weit von London. Aber ist das nicht etwas unverschämt, so spät da jetzt nachzufragen?«

Cora hatte etwas Mitleid mit dieser Amy, die sie gerade so überrumpelte. »Nein, ich denke, das geht okay. Passen Sie auf, ich ruf da gleich mal an, und dann melde ich mich wieder. Wenn das alles klargeht, können wir gleich einen Flug buchen. Ich meine, wenn Sie Zeit haben. Ich weiß ja nicht …?«

Amy lachte kurz auf. »Doch, Zeit habe ich, das ist das kleinste Problem.«

»Gut, dann melde ich mich gleich noch mal. Okay?«

»Okay.«

Cora legte auf und holte tief Luft. Das war der erste Teil des Plans. Mit Amy an ihrer Seite hatte sie einen guten Vorwand, noch mal zu den Levalls zu fahren und auch den Kontakt zu den Chevaliers zu suchen.

Sie nahm jetzt allen Mut zusammen und suchte erneut eine bestimmte Nummer aus ihren Kontakten. Bei dieser klopfte ihr allerdings das Herz nun bis zum Hals. Sie schickte ein Stoßgebet zum Himmel, dass es etwas länger klingeln würde, aber bereits nach dem zweiten Ton ging jemand ran.

»Cora?«

Allein die Stimme zu hören nahm ihr einen Augenblick die Luft zum Atmen.

»Ja. Hi, Pascal.« Coras Mund fühlte sich an, als wäre er voll Watte.

Pascal schwieg.

»Hör zu, es tut mir leid. Ich habe Mist gebaut. Aber ich hatte wirklich keine Ahnung, dass dieser Mann Robert Chevalier ist. Und … O Mann, ich hätte euch doch niemals hintergehen wollen. Ich bin doch auf eurer Seite.«

Immer noch Schweigen.

»Pascal, bitte, Robert hat mich angelogen. Woher sollte ich denn wissen …«

Sie hörte, wie Pascal leise lachte.

»Was?«

»Nichts! Ich finde es nur süß, wie du dich grad entschuldigst.«

»Süß?« Cora schnaubte.

»Hör mal, ich weiß inzwischen auch, dass der Kerl dich belogen hat, obwohl er sicherlich einen guten Gärtner und Stallknecht abgeben würde.«

»Aha?«

»Wir waren alle etwas perplex, als du da so mir nichts, dir nichts mit ihm durch die Felder geritten bist.«

»Wie gesagt, ich hatte keine Ahnung.«

»Hat dich ganz schön vorgeführt, unser lieber Monsieur Chevalier.«

»Ich hätte niemals …«

»Nun hör auf, dich zu entschuldigen. Ist schon gut. Schwamm drüber.«

Jetzt war Cora verblüfft. »Vergessen?«

»Na ja, mein Onkel war wirklich nicht sehr erheitert, aber der hat sich auch schon wieder gefangen. Also, nett, dass du dich mal meldest. Dein Abgang war ja etwas … eilig.«

Von Cora fiel die Last der Befangenheit etwas ab. »Ja. Und noch mal, es tut mir leid. War vielleicht auch etwas viel, das alles.«

Sie hörte geradezu, wie er schmunzelte.

»War ich dir zu viel?«

»Nein.«

»Dann ist ja gut.«

»Warum ich eigentlich anrufe, Pascal.« Sie bemühte sich um eine feste Stimme. »Ich habe Kontakt zu der dritten Gewinnerin.«

Pascal schien einen Augenblick überlegen zu müssen.

»Ah, diese Amy. Nette Frau. Und genau das, was Mergot hier nicht haben wollen würde.«

»Wie meinst du das?«

Pascal zog scharf die Luft ein. »Du hast Amy noch nicht persönlich getroffen?«

»Nein, nur mit ihr telefoniert. Aber sie wäre jetzt interessiert, sich ihr Stück Land mal anzusehen, und da dachte ich … sie und ich … wir könnten …«

»Ach, schade.«

»Oh, passt es nicht? Ich dachte …«

»Doch, natürlich könnt ihr kommen. Valeska wird sich über doppelten Frauenbesuch freuen. Nur bin ich leider zurzeit nicht auf der Domaine. Ich bin gerade auf dem Weg nach Paris, dann Nancy und Zürich. Wir würden uns also leider nicht sehen.«

»Ach *leider*?« Auch wenn sie wirklich guten Sex miteinander gehabt hatten und ein Teil in ihr durchaus gewillt wäre, dies noch einmal auszukosten, sagte ihr ihr Verstand, dass es gar nicht so schlecht wäre, ihn nicht zu sehen.

»Ja, schade. Aber melde dich einfach bei Valeska. Die wird auch Maxime dann schonend darauf vorbereiten, dass du noch mal kommst.«

»Maxime ist noch wütend?«

»Nein, die werden sich beide freuen. Und mit dieser Amy wird das sicher doppelt lustig.«

Cora fragte sich, was an der Frau wohl so Besonderes war. Am Telefon hörte sie sich eher schüchtern und zurückhaltend an. Ihr Alter konnte sie schlecht einschätzen, aber sie war auf jeden Fall nicht jünger als sie selbst. Ob Pascal an Amy ebenso Interesse hatte wie an ihr? Schnell schüttelte sie diesen Gedanken wieder ab.

»Sind die Davingtons noch da?«

»Nein, die wollten ein paar Wochen in die Berge. Wann sie genau wiederkommen, haben sie nicht gesagt, aber sie wollten wiederkommen, so viel ist sicher. Die Mauer gegen Mergot und die Chevaliers steht noch, obwohl die da unten schon anfangen zu arbeiten.«

»Ach wirklich?« Cora gruselte es bei dem Gedanken, dass in dem wunderschönen Tal, wo das alte Château de Mérival stand, die Bagger anrollten.

»So, ich muss weiter, Cora. Melde dich doch noch mal, wenn ihr angekommen seid, okay? Bis dahin. Adieu!«

Weg war er. Cora atmete erleichtert aus. Das war ihr nicht so schwer gefallen wie gedacht, auch wenn ihre

Hormone beim Klang seiner Stimme sofort anfingen, Karussell zu fahren.

Als Nächstes rief sie Valeska an. Die ältere Haushälterin der Domaine Levall war ehrlich erfreut, von ihr zu hören, und verlor kein Wort über die Geschehnisse vor fünf Wochen. Als sie erzählte, dass sie vorhabe, nochmals zu kommen, und noch einen Gast mitbringe, plante Valeska gleich die Verköstigung. Cora verabschiedete sich lachend und wählte dann erneut die Nummer von Amy.

Amy erwies sich an diesem Morgen als die härteste Nuss von allen. Kaum hatte Cora sie wieder in der Leitung, schien sie es sich doch anders überlegt zu haben. »Also ich glaube, ich fahre da lieber doch nicht hin«, gab sie gleich als Erstes von sich.

»Ach kommen Sie, Amy. Jetzt habe ich das alles geregelt, und die Levalls freuen sich. Und Sie müssen doch Ihren Gewinn wenigstens einmal gesehen haben. Ich habe das auch nicht bereut.«

»Hm«, machte Amy.

Cora beschloss, etwas energischer zu werden, schließlich hatte sie den halben Morgen telefoniert, um diese Reise zu organisieren. Dass Amy für sie nur der vorgeschobene Grund war, noch einmal auf die Domaine Levall zu fahren, musste diese ja nicht wissen.

»Also kommen Sie mit?« Cora versuchte, ihrer Stimme einen bittenden Unterton zu verleihen.

»Na gut.«

»Prima! Ich buche einen günstigen Flug für uns, und wir treffen uns dann am Flughafen.« Cora ließ Amy gar keine Chance, es sich noch einmal anders zu überlegen.

11

Drei Tage später stand Cora am frühen Morgen in der Eingangshalle des Flughafens Gatwick und wartete neugierig auf Amy. Sie war etwas nervös. Die letzten Tage hatten sie doch wieder zweifeln lassen, ob es eine gute Idee war, ein weiteres Mal ins Médoc zu reisen. Aber irgendetwas in ihr zog sie auch unaufhörlich dorthin. Diese unterschwellige Sehnsucht nach diesem Ort und das Gefühl, dass sie dort einen Platz hatte, überkam sie immer wieder. Diese innerliche Zerrissenheit zehrte an ihr.

Sie schaute auf die Uhr. Noch war genügend Zeit. Aufmerksam beobachtete sie die Menschen, die den Flughafen betraten. Sie hatte Amy genau gesagt, zu welchem Terminal sie mussten, und ihr beschrieben, wie sie selbst aussah. Als Erkennungszeichen trug sie einen auffälligen grünen Rucksack bei sich. Den wechselte sie immer wieder von der einen zur anderen Schulter, damit er auch gut sichtbar war. Ihr Flug war bereits auf der großen Tafel ausgeschrieben.

Plötzlich kam aus den Reihen der in den Flughafen strömenden Menschen eine Frau auf sie zu. Cora wusste sofort, dass es Amy war, und sie wusste auch sofort, warum Pascal so merkwürdige Andeutungen gemacht hatte. Sie musste schmunzeln.

»Hallo, Cora?« Die Frau blieb etwas atemlos und mit geröteten Wangen vor Cora stehen.

Amy war gut einen Kopf größer als Cora, und dies, ohne dass sie hohe Schuhe trug. Ihre Füße steckten in ledernen Flipflops. Vom Alter her schätzte Cora sie um die fünfzig, wobei sie aus der Ferne jugendlicher aussah. Sie trug ein langes dunkelgrünes Kleid aus grobem Leinenstoff, eine blaue Weste darüber, und – das war das Auffälligste an ihr – sie hatte sehr lange dicke blonde Locken, die ihr bis über den Rücken reichten und die sie mit einem einfachen Tuch zurückgebunden hatte. Allerlei bunte Ketten hingen um ihren Hals und um ihre Handgelenke. Als Gepäck trug sie nur eine kleinere Stofftasche bei sich anstatt eines Koffers.

»Hallo, Amy, freut mich!« Cora reichte ihr die Hand zum Gruß.

»Hallo, freut mich auch. Ich bin etwas spät, und ich muss gestehen, auch etwas nervös. Ich bin sehr lange nicht mehr geflogen.«

»Man gewöhnt sich schnell wieder dran.« Cora nickte aufmunternd. Sie selbst war diesmal auch schon nicht mehr so unruhig wie bei ihrer ersten Reise vor einigen Wochen. »Kommen Sie, wir gehen zum Terminal.«

Amy folgte Cora. Aus dem Augenwinkel besah diese sich ihre neue Reisegesellschaft noch einmal. Sie wusste nicht, wie man diesen Kleidungsstil nannte. Sie ordnete ihn irgendwo zwischen Shabby Chic, was sich aber eher auf Möbel bezog, Lagenlook und Mittelalter-Revival ein. Kurzum, Amy sah aus, als käme sie gerade aus irgendeiner Hippie-Kommune. Cora musste sich beherrschen, um nicht wieder zu grinsen. Pascal hatte recht gehabt, mit dem Look würde sie bei den Chevaliers wohl genauso anecken wie die Davingtons mit ihrer Nacktheit. Und wenn Amy auch eine Lebenseinstellung hatte, wie ihre Kleidung es suggerierte, dann würde sie das Fleckchen Erde lieben, zu dem sie nun aufbrachen. Cora begann, sich auf ihre Ankunft zu freuen.

Eine Stunde später saßen sie im Flieger. Amy war immer noch sichtlich nervös und fummelte an dem Sicherheitsgurt herum. »Wie lange fliegen wir?«

»Genau gesagt eine Stunde und fünfunddreißig Minuten.« Cora hatte sich bereits angeschnallt. Aus dem Cockpit erklangen die üblichen Ansagen, und die Stewardess bereitete sich auf ihren Vortrag vor.

Amy hörte diesem aufmerksam zu und folgte mit ihren Augen jeweils zu den benannten Dingen – Sauerstoff, Sicherheitshinweise vor ihr, Schwimmwesten. Als die Stewardess einen guten Flug wünschte, sah sie wenig entspannt aus.

Der Flieger begab sich ganz sanft in die Luft, flog eine leichte Kurve und steuerte dann auf den Ärmelkanal zu. Cora, die am Fenster saß, sah nach draußen auf die vielen kleinen grünen Felder und die Straßen, die sich wie Spinnweben durch das Land zogen. Dann kamen einige Wolken, und die Sicht wurde versperrt. Sie schaute zu Amy und beschloss, diese etwas abzulenken.

»Sie kommen aus Partridge Green? Ist eine schöne Gegend, doch eher ländlich, oder?«

Amy lächelte kurz verkniffen. »Ja, ist schon sehr ländlich dort, aber auch sehr ruhig. Mein Wagen steht da jetzt seit einigen Jahren. Das Grundstück gehört der Gemeinde.«

»Wagen?« Cora hatte keine Ahnung, wovon Amy sprach.

»Wagen, ja. Bauwagen. Ich wohne in einem umgebauten Bauwagen.«

»Ach! Und das geht … so das ganze Jahr?« Cora hatte natürlich von solchen Behausungen gehört, aber bisher niemanden kennengelernt, der tatsächlich so lebte.

»Ja, das geht sehr gut sogar. Ich habe einen kleinen Holzofen, der macht im Winter schön warm.«

Cora konnte sich die Frage nicht verkneifen. »Sind Sie so … wie soll ich sagen … ein Öko?«

Jetzt lachte Amy und entspannte sich etwas. »Ja, dürfen Sie so sagen, und so bin ich auch. Ich habe früher als Anwältin gearbeitet. Vor fünfzehn Jahren aber gab ich alles auf, kaufte den kleinen Bauwagen und ein paar Hühner und zog aufs Land.«

»Mutig!«, rutschte es Cora raus, die sich nicht vorstellen konnte, auf den Komfort ihrer Wohnung zu verzichten. »So richtig ohne alles? Also ohne Bad und sonstigen Luxus?«

»Ich habe schon ein Bad, aber mein Wasser kommt halt aus einem Brunnen. Wenn ich in die Wanne will, muss ich vorher Feuer machen und einheizen. Ich habe aber auch eine kleine Dusche. Das geht ebenfalls mit einem Eimer und einem Seil. Und bevor Sie fragen«, Amy lachte nun herzlich, »ich habe eine Komposttoilette. Und die ist gar nicht so schrecklich, wie manche denken.«

Cora hob kurz entschuldigend die Hände. »Ich gestehe, davon habe ich keine Ahnung.«

»Wenn wir wieder zurück sind, können Sie mich ja gerne mal besuchen.« Amy zwinkerte Cora zu. »Ich mag dieses einfache Leben. Früher war ich gestresst und wurde sogar krank. Seit ich diesen ganzen Zwängen und dem Zeitdruck entsagt habe, geht es mir viel besser.«

»Und womit verdienen Sie Ihren Lebensunterhalt?« Cora konnte sich kaum vorstellen, dass man so einfach in den Tag hineinleben konnte. Gut, sie tat das zwangsweise auch seit geraumer Zeit, aber das schmälerte ihr Erspartes auch enorm.

»Ich arbeite schon noch. Ich male und verkaufe Bilder, betreue eine Natur-Kindergartengruppe und halte Seminare über Pflanzenanbau und Selbstversorgertum.«

»Hört sich spannend an. Wie gesagt, ich habe davon keine Ahnung und würde ohne Pizzadienst und Supermarkt wahrscheinlich nur wenige Tage überleben«, gab Cora zu. Vielleicht hätte sie dem Gemüsegarten ihrer Eltern früher doch etwas mehr Aufmerksamkeit schenken sollen. Sie wusste zwar, wie man das Gemüse erntete, aber wie es anzubauen war, da hatte sie nie aufgepasst.

»Und Sie, Cora, was machen Sie so?« Amy sah Cora von der Seite an.

»Ich bin Redakteurin. Na ja, war … Ich habe lange beim *East London Guardian* gearbeitet. Dort wurde meine Stelle aber nach einer Übernahme durch eine andere Zeitung eingekürzt. Jetzt versuche ich mich gerade, über Wasser zu halten. Die Reise hier ist für mich ein bisschen Arbeit sozusagen. Ich soll für ein Reisemagazin eine Artikelserie über Frankreich schreiben.«

»Oh, das ist ja aufregend. Journalismus fand ich auch immer spannend, aber meine Eltern wollten, dass ich was Anständiges studiere. Also wurde es Jura.«

»Ja, das kenn ich. Meine Eltern waren auch nicht so begeistert. Aber sie haben mich Gott sei Dank gelassen.«

»In Frankreich finden Sie bestimmt ein paar spannende Themen. Worüber sollen Sie denn schreiben?«

Cora spürte, dass Amy ehrlich interessiert war. Sie war nicht der Typ Mensch, der einfach aus Freundlichkeit etwas Small Talk hielt. Sie mochte Amy, auch wenn sie vielleicht etwas sonderbar war.

»Wein natürlich. Die ganzen Weingüter da sind fantastisch. Und der Wein ist auch wirklich anders als der, den man bei uns so bekommt.«

Amy schmunzelte. »Ja, das habe ich schon damals bei der Weinprobe bemerkt.«

»Wie sind Sie denn zu der Weinprobe gekommen? Ich meine …?«

»Weil ich eigentlich nicht mehr der Typ für so was bin?« Amy lachte, dass ihre blonden Locken wippten. »Die Weinprobe wurde durch einen Verein organisiert. Die Domaine Levall versucht ja, überwiegend ökologisch anzubauen. So kam der Kontakt zustande.«

»Ach, das wusste ich gar nicht. Ich habe zwar das letzte Mal viel über diese ganze Weinwirtschaft gelernt, aber ob der Wein biologisch angebaut wird oder nicht …« Cora überlegte, ob Pascal oder Maxime etwas darüber berichtet hatten.

»Doch, doch, und dafür haben die sogar eine Auszeichnung erhalten. Ökologischer Weinanbau ist bei weitem schwieriger als der konventionelle. Allein was die da an Chemie auf die Pflanzen spritzen, und das landet alles später mit in dem Wein. Was durch den Reifungsprozess mit den ganzen Chemikalien geschieht, weiß man noch gar nicht.«

»Ach? Und ich war der Meinung, das würde alles ganz streng kontrolliert.« Cora dachte an die vielen Liter billigen Weins, den sie schon in ihrem Leben getrunken hatte.

»Bis zu bestimmten Grenzwerten natürlich ja. Aber es gibt auch viele Reaktionen, die sich erst im Minimalbereich auswirken und die man gar nicht testen kann, mal abgesehen davon, dass zu befürchten ist, dass sich auf längere Sicht die Genetik der Pflanzen auch verändert.« Amys Stimme klang ernst. »Mit einigen Weinsorten ist es schon wie mit Ihnen und dem Supermarkt. Ohne ihre wöchentliche Dosis Chemie könnten die nicht lange überleben. Und wenn man das ganze Zeug auf die vielen Flächen hochrechnet, da kommen viele Millionen Tonnen zusammen, die auch im ganzen Umfeld der Weinanbaugebiete zu finden sind.«

»Das ist ja gruselig«, musste Cora zugeben.

»Ja, aber man darf da bei vielen Nahrungsmitteln nicht drüber nachdenken. Von Brot und Massentierhaltung brauche ich jetzt wohl gar nicht erst anzufangen.« Amy warf Cora einen entschuldigenden Blick zu. »Verstehen Sie mich nicht falsch, Cora, ich bin wirklich keine extrem militante Öko-Tante. Selbst in meinem Bauwagen taucht hier und da etwas in Plastik Verpacktes auf. Nur, ich versuche, damit bewusst umzugehen und auch andere dafür zu sensibilisieren.«

»Bei mir haben Sie das gerade schon geschafft. Bevor ich mich in Sachen Wein auf die Recherche begebe, müssen Sie mir da unbedingt noch ein paar Sachen erklären. Dann weiß ich, worauf ich achten muss. Ich finde, das Thema kann man ruhig miteinbeziehen. Schließlich verdienen die meisten Châteaus gehörig Geld mit dem Wein.«

»Gerne.« Amy streckte ihre Hand zu Cora rüber. »Wollen wir uns nicht duzen? Ich finde das Sie immer so steif, zumal wir jetzt ja vielleicht einige Zeit miteinander verbringen.«

Cora lächelte. »Gerne, Cora.«

»Amy.«

12

Die Zeit verging blitzschnell, und ehe Amy und Cora sich's versahen, standen sie schon vor dem Flughafen von Bordeaux. Es war warm, und die Mittagssonne stand hoch am Himmel.

Hier endete allerdings auch Coras Reiseplanung. Sie würde einen Mietwagen brauchen, wenn sie ihre Recherche unkompliziert vonstatten bringen wollte. Allerdings war sie kein souveräner Autofahrer – in London brauchte sie das kaum –, und der Rechtsverkehr hatte ihr schon als Beifahrer bei Pascal Respekt eingeflößt. Sei jetzt kein Weichei, herrschte sie sich an und nickte in Richtung des Mietwagencenters. »Dann wollen wir uns mal einen fahrbaren Untersatz besorgen.«

Das Auto wurde dann auch wirklich sehr klein, denn Cora musste ihr Geld zusammenhalten. Zwar würden sich ihre Reserven wieder aufstocken, sobald der erste Artikel beim *So-Far-Travel-Magazine* eingegangen wäre, aber bis dahin waren es noch einige Wochen.

Wenig später waren sie mit ihrem kleinen roten Auto auf der Straße, und Cora versuchte schwitzend, mit der Verkehrsführung klarzukommen. Amy hingegen saß entspannt neben ihr, hatte das Fenster runtergekurbelt und besah sich interessiert die vorbeiziehende Stadt.

Als sie auf die Landstraße kamen, die nach Norden führte, atmete Cora erleichtert aus. Sie lebten noch!

Amy grinste. »Du fährst nicht oft Auto, hm?«

»Nein, nicht wirklich. Und dass hier alle verkehrt herum fahren, finde ich schrecklich. Wer hat sich das bloß einfallen lassen.«

»Ich hätte auch fahren können.«

»Du?« Cora sah sie verwundert an. Bis jetzt hatte Amy auf sie nicht den Eindruck gemacht, als würde sie überhaupt moderne Verkehrsmittel nutzen.

Amy machte ein gespielt empörtes Gesicht. »Na hör mal. Nur weil ich Hühner im Garten hab, heißt das ja nicht, dass ich nur Rad fahre.« Dann wurde ihr Gesichtsausdruck einen kleinen Augenblick traurig. »Ich bin sogar früher oft in Frankreich Auto gefahren. Ich und … mein Mann, wir hatten ein kleines Ferienhaus in der Provence.«

»Provence?« Cora sah Amy fragend an.

»He, guck nach vorn. Das ist eine lange Geschichte, und sie endet traurig.«

Cora schaute wieder auf die Straße. »Okay.«

Als Cora die ersten Ortschaften auf den Schildern bekannt vorkamen, machte ihr Herz einen Freudensprung. Sie war wieder da. Kleine Dörfer wechselten sich mit ausgedehnten Feldern und Weinstöcken ab. Bäume säumten die Straßen und warfen tanzende Schatten. In den Gärten standen überall die Sommerblumen in voller Pracht, und vor so manchem Haus sah man üppige Geranien.

»Schön ist es hier. Anders als in der Provence, aber schön«, stellte Amy mit leiser Stimme fest. »Ist es weit zum Meer?«

»Nein, von der Domaine aus ist man zu Fuß in nicht mal dreißig Minuten am Strand.«

»Hört sich gut an. Ich war lange nicht am Meer.«

Cora folgte dem Hinweisschild nach Saint-Vivien, um dann vor dem Ort rechts abzubiegen. Das Auto rumpelte durch ein paar Schlaglöcher. Sie nahm den Fuß vom Gas. Die Straße würde jetzt nicht besser werden. Sie fuhren an einigen Bauernhöfen vorbei, an die sie sich gut erinnerte und die sich mit ihren sandsteinfarbenen Wänden und den dunklen Dächern zumeist in kleine Baumgruppen kauerten. Auch blickten ihnen erneut ein paar Kühe auf ihren Weiden wiederkäuend hinterher.

Cora fühlte sich ein bisschen, als würde sie nach Hause kommen. Es wurde etwas hügeliger, und sie erzählte Amy das, was Pascal ihr bei ihrer ersten Fahrt zur Domaine über diese Gegend erzählt hatte.

»Die ganze Landschaft hier hat sich durch den Fluss Gironde gebildet«, erklärte sie, als sie eine leichte Steigung hinauffuhren. Das Auto schaukelte. Es war wohl wie das von Pascal eigentlich nicht für derartige Wege und den Dauergebrauch darauf geeignet. »Der Fluss hat hier in vielen Jahrtausenden fruchtbaren Boden angehäuft, aber halt nicht überall.« Ebenso wie Pascal wich sie einigen Büschen aus, die ihre Zweige bis auf den Weg hängen ließen. »Daher kann man hier auch nicht überall Wein anbauen. Die Ländereien, wo es geht, sind meist seit vielen Jahrhunderten in Familienbesitz, wie die der Domaine Levall auch. Angeblich hat es auf der Domaine mit ein paar Mönchen angefangen. Heute ist sie eines der nordwestlichsten Weingüter. Wenige Kilometer von hier entfernt beginnt das Waldgebiet, das die Küste säumt. Wein kann man da nicht mehr anbauen. Die anderen Châteaus liegen zumeist weiter östlich zur Gironde hin oder unten bei Bordeaux.« Und genau wie Pascal deutete sie jetzt mit einem Finger nach vorn. »Gleich kann man das Haus schon einmal sehen.«

Und genau wie vor einigen Wochen erspähte sie nun die Domaine auf der nächsten Anhöhe. Dort stand ein langgezogener flacher Bau. Die Mauern waren nicht so hell wie bei den Höfen, die sie bisher passiert hatten, eher gräulich, und das Dach war in verwittertem Karminrot. Das Haus schmiegte sich regelrecht an die Hügelkuppe, schützend umgeben von allerlei Bäumen und Büschen.

»Sieht gemütlich aus«, sagte Amy.

Cora lachte. Das waren genau ihre Worte zu Pascal gewesen. »Ja, ist es auch.«

Es dauerte noch eine Weile, bis sie von der schmalen Schotterstraße zum Hof der Domaine abbiegen konnten. Der Weg führte durch ein geöffnetes schmiedeeisernes Tor, auf dem die Initialen M und L zu sehen waren.

»Willkommen auf der Domaine Levall.« Cora parkte den Wagen direkt vor dem Haupthaus und hupte einmal kurz.

Amy sah sie verwundert an.

»Keine Türklingel.« Cora grinste und stieg aus.

Als Amy aus dem Wagen geklettert war, öffnete sich auch schon die große Eingangstür des Hauses. Valeska erschien und gab einen freudigen Laut von sich. »Cora, wie schön, dich wiederzusehen!« Die kleine, rundliche Haushälterin streckte die Arme aus.

»Valeska!« Cora begrüßte sie ebenso freudig. Die ältere Frau war ihr in den zehn Tagen ihres letzten Aufenthalts eine mütterliche Freundin geworden. Sie so abrupt und vor allem unter so widrigen Umständen verlassen zu müssen, hatte Cora sehr getroffen. Sie hätte sich ihr gerne erklärt, hatte sich aber nicht getraut, etwas zu sagen. Die Levalls – wozu Cora Valeska irgendwie mitzählte, obwohl diese mit der Familie nicht verwandt war – hatten sie so voller Argwohn betrachtet, als sie gesehen hatten, mit wem sie da unterwegs gewesen war, dass sie nicht in der Lage war, das zu erklären. Und wieder bekam sie einen Kloß im Hals. Doch am Telefon hatte Valeska überhaupt nicht nachtragend geklungen, und auch jetzt schien ihre Freude von Herzen zu kommen.

»Valeska, das ist Amy. Amy ist die Besitzerin des dritten Landstücks.« Cora machte sich fast einen Knoten in die Zunge bei dem Versuch, wieder sauberes Französisch zu sprechen.

»Bienvenue, bienvenue! Kommt rein! Ich habe eine Kleinigkeit zu essen gemacht. Ihr habt bestimmt Hunger nach der Reise.«

Amy begrüßte Valeska in Französisch. »Merci. Ich freue mich, hier zu sein.«

Cora grinste. »Zumindest brauch ich wohl nicht übersetzen. Mein Französisch ist nicht unbedingt das Beste.«

»Meins ist auch etwas eingerostet, aber ich mag diese Sprache. Sie ist so schön melodisch.« Amy strahlte über das ganze Gesicht.

Sie nahmen ihr Gepäck aus dem Auto und folgten Valeska ins Haus.

»Du musst aufpassen, Amy, Valeska ist eine eifrige und gute Köchin. Wenn man Pech hat, bringt das einem hier jeden Tag ein Kilo mehr.«

»Ach, das könnt ihr euch in den Weinbergen wieder ablaufen«, tönte Valeska aus der großen Wohnküche.

Wieder überkam Cora dieses wohlige Gefühl, nach Hause zu kommen. In der Mitte des Raums befand sich eine riesige offene Feuerstelle mit einem mächtigen Kaminabzug darüber. Rundherum hingen immer noch und wie wohl seit Jahrhunderten allerlei kupferne Pfannen und Töpfe und dazwischen Bündel von getrockneten Kräutern, Knoblauchsträngen und Zwiebelzöpfen. Es roch etwas rauchig, gemischt mit dem frischen Essensduft. Rechts stand der große Esstisch. Cora berührte kurz das dunkle Holz.

Amys Blick wanderte zu den Deckenbalken, wo große Schinken und Würste hingen.

»Bist du Vegetarierin?«, fragte Cora leise. Sie wusste um Valeskas Kochkunst, und die war sehr fleisch- und fischhaltig.

Amy schüttelte nur den Kopf.

»Geht auf die Terrasse, ich bring euch gleich was!« Valeska deutete zu der großen Doppeltür, die von der Küche nach hinten aus dem Haus führte.

Cora winkte Amy. »Komm, das Gepäck kannst du da stehen lassen.«

»Ich hab euch die beiden letzten Zimmer auf der rechten Seite fertig gemacht, da, wo du auch das letzte Mal geschlafen hast. Zeigst du unserem Gast das alles?«

Cora schmunzelte über das »unserem Gast«. »Ja, ich zeige Amy nachher alles.« Sie trat nach draußen auf die große Terrasse. Gleich waren die Erinnerungen an die lauen Abende und den süßen Rotwein wieder da.

13

Valeska begrüßte die Ankömmlinge mit frischem Brot, Käse und hauchfein geschnittenem Schinken. Cora überlegte, ob sie für einen kulinarischen Bericht überhaupt weit fahren musste oder ob sie sich einfach von Valeskas Küche inspirieren ließ.

Amys Blick wanderte derweil über die Hügel, auf denen der Wein stand, lange grüne Reihen bis zum Horizont. »Du hast anscheinend nicht zu viel versprochen, Cora.«

»Warte erst mal, bis du dein Stück Land gesehen hast. Wollen wir es uns gleich anschauen?«

»Gerne.« Amy streckte sich etwas auf dem bequemen Gartenstuhl, auf dem sie saß. »Wenn ich mich gleich noch bewegen kann.«

Valeska trat aus der Küche auf die Terrasse. »Hat es euch geschmeckt?«

Cora nickte. »Ja, vielen Dank.«

»Heute Abend mache ich Fisch im Kräutermantel mit Kartöffelchen. Ist das gut?«

»Hört sich super an.« Cora nickte und warf Amy einen vielsagenden Blick zu. »Ich habe dich gewarnt.«

Valeska strahlte über das ganze Gesicht.

»Wir gehen gleich mal in den Wein.«

Valeska nickte. »Du weißt ja, wenn ihr Maxime trefft ...«

»... soll er pünktlich zum Essen da sein«, vervollständigte Cora und lachte. Gleichzeitig wurde ihr bewusst, wie sehr Pascal fehlte. Es war doch schade, dass er nicht da war.

Wenig später führte Cora Amy hinein in die Weinfelder. Sie folgten dem breiten Grasweg. Es roch inzwischen anders als noch vor einigen Wochen, nicht mehr nach frischem Grün, sondern eher nach Heu und trockenen Gräsern. Auch die Farbe des Waldes in der Ferne hatte sich etwas verändert. Das Grün war dunkler geworden. Cora dachte an ihren Ausritt mit Robert. Der weiche Waldboden hatte die Geräusche der Pferdehufe fast gänzlich verschluckt, dafür hatte sie ihren Atem gehört.

Sie wurde automatisch langsamer, je näher sie dem besagten Land kamen. Gleich würden sie die Hügelkuppe erreichen, von der aus sie in das Tal zum Château de Mérival blicken konnten. Cora überkam ein komisches Gefühl, ein bisschen Wut, gemischt mit einem Hauch Sehnsucht. Sie räusperte sich leise. Schon waren die ersten Zinnen und Türmchen des Dachs zu erkennen.

Auch Amy sah das Château. »Wow, was ist das denn?« Sie blieb stehen und sah ehrfürchtig auf das schlossartige Gebäude hinab.

»Das ist das Château de Mérival der Familie Chevalier. Und das ist die nette Nachbarschaft, die hier alles aufkaufen will.«

»Was wollen die denn mit dem ganzen Land? Sieht doch aus, als hätten die genügend Platz.«

Cora deutete links neben das große Haupthaus. »Siehst du da unten die Pferdekoppeln? Da wollen die Ferienhäuser hinbauen. Und wie es ausschaut, haben sie sogar schon angefangen.« Sie kniff die Augen etwas zusammen, um vielleicht mehr erkennen zu können. Auf der Weide waren bereits Vierecke für die zukünftigen Baugruben abgesteckt. In ihrem Magen zog sich etwas zusammen. Sie führte Amy noch ein Stück weiter. Als die unverkennbaren Spuren des Wohnmobils an der Seite des Weges zu erkennen waren, hielt sie an. »So, voilà, wir sind da. Hier dürfte deine Parzelle anfangen. Sie geht dann bis da unten zum nächsten Querweg und von da aus so ungefähr fünfhundert Meter noch weiter.«

»Grundgütiger, das ist ja doch recht groß. Ich dachte, das wäre nur so ein Schnipsel, ein Gag halt.« Amy stemmte die Hände in die Hüften. »So, so, und die Leute da unten wollen das alles hier verschandeln, indem sie dort Ferienhäuser bauen. Das ist doch bescheuert! Wie kann man nur! Es ist so wunderschön hier.« Sie drehte sich nach beiden Seiten. »Jetzt erklär mir noch mal genau, was hier gemacht werden soll.«

Cora verzog das Gesicht. »Also, Ferienhäuser da unten, und die Chevaliers brauchen diese Stücke Land der Domaine Levall als Ausgleichsfläche, um irgendeinen Status in Sachen Weingut zu behalten.«

»Warum genau diese hier?« Amy deutete mit dem Finger auf die Weinstöcke vor ihnen.

»Weil unterhalb des nächsten Weges ihr Land anfängt. Nun wird es aber kompliziert. Die Chevaliers wollten gleich Nägel mit Köpfen machen und haben Maxime Levall ein im Grunde unausschlagbares Angebot für die ganze Domaine Levall gemacht. Diese wollen sie dann abreißen und einen hübschen Neubau draufsetzen.«

Amy bekam große Augen. »Was? Das schöne alte Haus?«

Cora nickte betrübt. »Ja. Und um das Ganze so schwierig wie möglich zu gestalten und den Chevaliers nicht einfach alles vor die Nase zu werfen, kam Pascal auf die Idee mit dem Gewinnspiel.«

»Aber was soll das bezwecken?«

»Ganz einfach, jetzt gibt es neben Maxime zwischen der Domaine Levall und dem Château de Mérival gleich drei neue Landbesitzer. Pascal hat somit eine Mauer gezogen und vor allem den Chevaliers oder besser gesagt diesem Pierre Mergot einen heftigen finanziellen Schlag versetzt, da dieser nun noch drei weitere Stücke Land kaufen muss. Und wie du ja gesehen hast, ist das Land hier einiges wert.«

Amy schien kurz im Kopf nachzurechnen und stieß dann einen leisen Pfiff aus. »Das kann man wohl sagen. Aber gar nicht so doof, der Plan von diesem Pascal. Und du und diese … Wie hießen die anderen noch?«

»Davington.«

»Du und die Davingtons habt dem Verkauf des Landes bisher nicht zugestimmt? Also bringt es diesem Chevalier oder Mergot oder wie auch immer nichts, die Domaine zu kaufen, solange wir dazwischen sitzen, weil er ohne diese drei Landstücke nicht weiterkommt.«

»Genau.«

»Na, dann verkaufe ich auch erst mal nicht?« Amy sah Cora fragend an.

Cora zuckte mit den Schultern. »Verbieten kann dir das niemand. Es ist dein Land. Aber es wäre schon schön, wenn wir alle an einem Strang ziehen würden. Maxime … mir tut er echt leid. Er ist zwar etwas eigenbrötlerisch, was man wohl wird, wenn man hier jahrein, jahraus zwischen den Weinstöcken herumhantiert, aber ansonsten ist er ein sehr liebenswerter Mensch. He, und denen gehört das seit Jahrhunderten hier. So was kann man doch gar nicht mit Geld aufwiegen.«

»Tja«, seufzte Amy, »Geld regiert leider die Welt.«

Sie verharrten noch einen Moment vor ihren Weinstöcken und wanderten dann im Bogen zurück zum Haus der Domaine Levall. Maxime konnte Cora nirgendwo entdecken. Also musste Valeska wieder mal hoffen, dass er zwischen seinen Pflanzen nicht wie so oft die Zeit vergaß.

Im Haupthaus angelangt, zeigte Cora Amy ihr Zimmer. Es lag direkt vor dem, in dem sie wieder schlafen sollte, und war ebenso geräumig und liebevoll eingerichtet.

»Fast so groß wie mein ganzer Bauwagen.« Amy sah sich um.

»Das Bad ist genau gegenüber, und draußen gibt es noch eine Terrasse.«

»Wird ja richtig Urlaub. Ich werde es wohl vermissen, morgen früh meine Hühner zu füttern.«

Cora lachte. »Es gibt hier einen Esel draußen neben der Scheune. Der ist zwar etwas eigenwillig, aber vielleicht freut er sich, wenn du ihn morgen früh stattdessen besuchst.«

Amy hob abwehrend die Hand. »Ich bin eigentlich ganz froh, mal einige Tage nichts tun zu müssen. Das mit dem alternativen Leben und der Selbstversorgung hört sich zwar wild-romantisch an, ist aber die meiste Zeit echt schwere Arbeit.«

»Das glaub ich wohl. Also, ich bin ein Zimmer weiter. Wir sehen uns nachher zum Abendessen, okay?«

»Okay, bis nachher, Nachbarin.« Amy lachte.

In ihrem Zimmer schob Cora ihren Koffer vor das Bett und ließ sich dann erst mal zwischen die Kissen fallen. Ihr entwich ein genüsslicher Seufzer. Sie drehte den Kopf ein wenig und schaute mit halbgeschlossenen Augenlidern hinüber zum Fenster, wo sie die Sonne und den Himmel sehen konnte und die ausladenden Büsche, die die kleine Terrasse einsäumten und in deren Ästen wieder die kleinen Vögel herumhüpften. Dieser Raum war ihr eindeutig lieber als ihr eigenes Schlafzimmer. Von dort sah sie nur direkt auf das Badezimmerfenster einer Wohnung des nächsten Hauses. Und der Anblick oder besser gesagt Einblick war manchmal nicht so schön.

Sie spürte, wie sie müde wurde. Bis zum Abendessen war noch etwas Zeit. Sie schloss die Augen und genoss die Ruhe.

Am Abend saßen Amy und Cora bereits an dem großen Gartentisch, als Maxime zu Fuß aus den Weinfeldern kam.

Cora richtete sich nervös auf. Sie wusste nicht, wie er auf sie reagieren würde.

»Bonjour, Cora.« Er zog sich seine Mütze vom Kopf. »Wie ich sehe, hast du es geschafft, doch wieder im richtigen Haus zu landen.« Er grinste kurz.

»Monsieur Maxime«, Cora stand auf, um ihn zu begrüßen, »es tut mir so leid. Ich habe Pascal schon erklärt, dass ich wirklich nicht wusste …«

»Schon vergessen. Jeder macht mal einen Fehler. Schön, dass du wieder da bist, Mädchen. Valeska hat mit uns geschimpft, dass wir so barsch zu dir waren.«

Cora bemerkte, wie Amys Blick fragend zwischen ihr und Maxime hin- und hersprang. Sie hatte ihr nichts von der ganzen Geschichte erzählt und hatte es auch nicht unbedingt vor.

»Und wen haben wir da?« Maxime streckte Amy seine noch von der Erde dreckige Hand hin.

Amy ergriff sie, ohne zu zögern, und strahlte über das ganze Gesicht. »Ich bin Amy. Cora war so nett, mich zu ermuntern, doch noch hierherzukommen.«

»Amy. Maxime Levall. Na hoffentlich bereuen Sie das nicht.« Maxime warf Cora einen Seitenblick zu, während er immer noch Amys Hand hielt. »Zumindest habe ich bei so viel Frauenbesuch ein paar Tage Ruhe vor Valeska.« Er grinste wieder verschmitzt. »Ich geh mich mal waschen.«

Nachdem Maxime im Haus verschwunden war, beugte sich Amy zu Cora hinüber. »Ist das jetzt der Onkel von diesem Pascal, der die Weinprobe gemacht hat?«

»Ja, ist er.«

Amy sah ihm nach. »Sympathischer Mann.«

»Pascal?« Cora kaute schon wieder auf einem Stück Käse.

»Ach was, der ist ein bisschen jung für mich, oder?« Amy zwinkerte Cora zu.

»Aha!«, sagte Cora mit belustigter Miene.

»He, ich bin keine dreißig mehr. Und seit«, Amys Blick verdunkelte sich kurz, »mein Exmann abgehauen ist, ist es manchmal ganz schön einsam im Bauwagen.«

Cora lachte. »Ich glaube nicht, dass Maxime dafür geeignet ist, in einem englischen Bauwagen zu leben.«

Amy lehnte sich wieder zurück und schob sich ebenfalls ein Stück Käse in den Mund. »Mir gehört ja jetzt hier auch ein Stück Land.«

Cora prustete los. »Ja prima, dann haben die Chevaliers demnächst nicht nur ein nobles Wohnmobil mit überwiegend nackten englischen Rentnern vor der Nase, sondern auch einen Bauwagen, umringt von einer Schar Hühner.«

»Wie, diese Davingtons sind nackt?«

»Die mögen das. Aber keine Angst, wenn man sie besucht, haben sie immer eine Zeitung oder so was parat.« Cora kicherte immer noch. Vor allem der Gedanke der alternativ bebauten Weinflächen amüsierte sie. »Vielleicht sollte ich auch überlegen, womit ich mein Land bestücken könnte. Wie heißen die großen Zelte, die die da in der Mongolei haben – Jurte?«

Amy grinste. »Ja, würde da auf dem Hügel das Enfant terrible wohl perfekt machen.«

»Essen!« Valeska kam mit einer riesigen Platte aus der Küche marschiert. »Bitte schön.«

Auf der Platte lagen in Kräuterkruste gebackene Fische, umringt von kleinen Kartoffeln und liebevoll garniert mit Radieschen und Petersilie.

»Oh, das sieht aber sehr gut aus.« Amy bedachte Valeska mit einem anerkennenden Blick.

Valeska winkte bescheiden ab. »Lasst es euch schmecken. Die Männer wollen ja immer nur Schinken und Brot.«

»Ja«, erklang Maximes Stimme. Gleich darauf trat er aus dem Haus, bekleidet mit einem sauberen Hemd und frisch gewaschenen Händen. »Sonst könnten wir uns wohl kaum noch bewegen.« Er klopfte sich auf den leichten Bauchansatz unter seinem Hemd.

Cora grinste. Nicht nur, dass Maxime äußerst fröhlich zu sein schien, er kam auch mit sauberem Hemd an den Tisch, was schon einiges aussagte. Das letzte

Mal, als sie da gewesen war, hatte er sich kaum die Mühe gemacht. Jetzt schon, und sie vermutete ganz stark, dass Amy der Grund war. Das konnte ja interessant werden.

14

Robert lenkte den Trecker vom Hof auf den Wirtschaftsweg zwischen den Weinanbauflächen. Bei den Reben in den ganz alten Weinstöcken mussten einige Spalierdrähte erneuert werden. Er machte diese Arbeit gern allein. Nur wenn es um größere Reparaturen ging, nahm er Franco mit.

Zwanzig Minuten später war er am richtigen Ort. Er stellte den Trecker oberhalb des zu bearbeitenden Bereichs ab und sah sich kurz um. Die Sonne stieg gerade über die Baumkronen des Waldes. Feine Spinnweben zogen sich zwischen den Pflanzen, und an ihnen glitzerte noch der Morgentau.

Robert nahm die große Drahtrolle vom Trecker und schulterte sie. Mit einer Hand schnappte er sich noch das Werkzeug und marschierte dann zwischen die Pflanzen. Es gab noch leichten bodennahen Nebel, der sich ein bisschen anfühlte, als ob man durch Schnee laufen würde. Tatsächlich aber zeigte er an, dass es heute ein heißer Tag werden würde.

Robert überprüfte hier und da die Pflanzen. Sie standen gut im Wuchs und trugen gute Traubenansätze. Es würde noch einige Zeit dauern, bis die Arbeit an den Reben selbst wieder nötig würde. Der Sommerschnitt wurde erst durchgeführt, wenn die Trauben schon ausgebildet waren. Das war eine sehr zeitintensive, aber wichtige Arbeit. Durch das Zurückschneiden des Blattwerks um die Trauben herum bildeten diese eine intensivere Farbe aus und konnten nicht durch umliegende Blätter mit Mehltau oder anderen Krankheiten befallen werden.

Momentan galt es nur, einige Spaliere zu reparieren, hier und da Pflockhölzer auszutauschen und zu hoffen, dass im Sommer gutes Wetter herrschte.

Auf seinem Weg hakte Robert immer wieder prüfend den Finger in die Drähte. Im oberen Bereich dieses Feldes waren sie noch in Ordnung. Erst als er ungefähr in der Mitte war, gab der erste Draht nach. Er nahm die Rolle von der Schulter. Den neuen Draht würde er zusätzlich zum alten spannen, denn dieser konnte zum Winterschnitt ganz entfernt werden. Auch wenn der Weinstock recht robust aussah, er war eine sensible Pflanze. Veränderte man in der Wachstumsphase irgendetwas um ihn herum, insbesondere an den Spalieren, konnte er mit verhaltenem Wachstum oder gar

Abwerfen der Traubenansätze reagieren. Sein Vater hatte immer gesagt, man müsse den Wein behandeln wie eine eigensinnige Frau. Robert schmunzelte, als er jetzt daran dachte. Sein Vater hatte nie nur von Wein gesprochen, er hatte jede Spalierreihe gekannt und genau gewusst, wo, wie und was die Pflanzen gerne haben wollten. An manchen Stellen war es der eine Dünger, der etwas reichhaltiger ausgebracht werden musste, an anderen war man gut beraten, wenn man bei heißem Wetter frühzeitig einige Bewässerungsschläuche auslegte. Nahe am Wald trieben sich gerne Raupen auf den Blättern herum, auf den Feldern in dem Bereich um das Haus hingegen mischten sich eher das Unkraut und die Ackerwinde gerne zwischen den Wein. Je nach Alter hatte der Wein besondere Ansprüche, was die Pflege anging. Die jungen Pflanzen brauchten oft viel mehr Schnitt und Hilfe an den Spalieren. Die alten Pflanzen litten eher unter Totholz und wilden Trieben aus der Wurzel. Sein Vater war früher im Lauf einer Woche jeden Gang zwischen den Weinstöcken abgelaufen. Das war immerhin eine Strecke von vielen, vielen Kilometern. Robert kam nicht annähernd daran. So hatte er es sich zur Gewohnheit gemacht, wenigstens bei seinen Ausritten die Weinfelder zu begutachten. Manchmal glaubte er allerdings, dass der Wein es merkte, dass ihm weniger Aufmerksamkeit geschenkt wurde. Es mochte Einbildung sein, aber seit er das

Weingut führte, waren die Erträge minimal zurückgegangen. Seine Mutter hatte das abgewinkt, es sei nicht dramatisch. Doch manchmal spürte er, wie auf dem Grund und Boden des Châteaus doch alles zusammenzuhängen schien. Er hatte einmal einen Bericht gelesen, in dem es darum ging, dass Bäume und andere Pflanzen über ihr weit vernetztes Wurzelwerk untereinander Informationen austauschten. Ihm gefiel die Vorstellung, dass um ihn herum und unter ihm die Pflanzen des Châteaus ein großes Lebewesen bildeten.

Er nahm eine Zange und begann den neuen Draht an den Pfählen festzuziehen. Dann ging er, die Rolle langsam abwickelnd, an den Rebstöcken entlang.

Zwei Stunden später hatte er die Spaliere mit neuen Drähten ausgestattet. Nun war die Gefahr gebannt, dass die Pflanzen bei Wind oder Regen abknickten. Zufrieden besah er sein Werk und wischte sich mit dem Hemdsärmel über die Stirn. Die Sonne stand inzwischen hoch am Himmel, und die Temperatur lag sicher schon bei fünfundzwanzig Grad. Er lief gemächlich zurück zum Trecker. Außer der Arbeit an seinem Schreibtisch erwartete ihn heute nicht mehr viel. Und richtig Lust, sich mit Papierkram zu beschäftigen, hatte er nicht.

Er startete sein Gefährt und lenkte es in Richtung Château. Gerade als er überlegte, vielleicht noch an den Pferdekoppeln vorbeizufahren, um zu sehen, wie das Gras stand, bemerkte er in der Ferne zwei Menschen zwischen den Weinfeldern. Sie befanden sich auf dem Land der Levalls. Er nahm den Fuß vom Gas und beschirmte mit einer Hand seine Augen, um besser sehen zu können. Plötzlich, es war nur eine kleine Bewegung der einen Person, wusste er, wer dort entlanglief. Sein Herzschlag beschleunigte sich. Cora! Sie war wieder da. Völlig irritiert von dieser Feststellung trat er aufs Gas und lenkte den Trecker eilig zum Wirtschaftshof. Dort parkte er, stieg ab und musste sich mit beiden Armen einen Augenblick an einem der großen Reifen abstützen. Ihm war schwindlig.

»Was ist los, du siehst heute blass aus?« Isabel war wie immer ohne zu klopfen in Roberts Arbeitszimmer marschiert.

»Ich war ein bisschen zu viel in der Sonne.«

»Ja, ist heiß draußen.« Sie setzte sich auf das kleine Sofa, das seitlich vom Schreibtisch stand.

Er sah sie einen Augenblick an. Ihre schlanken Beine hatte sie elegant übereinandergelegt. Sie trug ein geblümtes Sommerkleid mit einem schmalen Gürtel.

Ihr blondes Haar viel sanft über die Schultern, auf dem Kopf hatte sie es mit einer Sonnenbrille zurückgesteckt. Sie betrachtete seelenruhig ihre Fingernägel. Prüfend horchte Robert in sich hinein und stellte fest, dass er nichts spürte. Sie kannten sich jetzt einige Jahre, und am Anfang hatten ihn die berühmten Schmetterlinge auch belagert. Aber seit etwa einem Jahr sah er sie manchmal an, als wäre sie ein fremder Mensch, und fragte sich im Stillen, was sie verband. Sie lebten im selben Haus, aßen am selben Tisch und schliefen im selben Bett. Natürlich war sie ihm vertraut. Er kannte ihren Körper und auch jede ihrer Regungen und Gesten. Und dennoch verspürte er ihr gegenüber keine Wärme mehr. Es war höchstens noch eine freundschaftliche Zuneigung, doch auch diese litt durch das Auftreten ihres Vaters zunehmend. Isabel hatte sich ihm verstärkt zugewandt, seit er das Bauvorhaben im Visier hatte. Robert fühlte sich manchmal wie das Mittel zum Zweck. Er besaß das Land, Mergot das Geld. Im Grunde keine schlechte Kombination, wenn Mergot nicht von seiner Art her so … so … Robert fehlten dafür die Worte beziehungsweise verbot es ihm seine gute Erziehung, so von seinem zukünftigen Schwiegervater zu reden.

»Kann ich irgendetwas für dich tun?« Isabel war sicher nicht ohne Grund in sein Arbeitszimmer gekommen. »Ich wollte dir nur erzählen, dass Papa heute noch einmal bei der Bank ist. Er möchte, dass sie dem Levall jetzt etwas Druck machen.«

Robert stöhnte und fuhr sich mit beiden Händen übers Gesicht. »Was soll das? Ich habe doch gesagt, dass Maxime nur etwas Zeit braucht, dann wird er dem Verkauf schon zustimmen.«

Isabel zuckte mit den Schultern. »Papa meint, dass es so schneller gehen würde. Wenn Levall verkauft hat, werden die anderen auch nicht mehr auf ihrem Land hocken bleiben. Papa ist sauer. Der Bauunternehmer will nicht eher anfangen, bis er nicht das Go vom Bauamt hat. Und du weißt …«

»… dass es das erst gibt, wenn das Château den Erwerb weiterer Flächen nachweisen kann. Ich weiß, Isabel. Was glaubst du, was ich hier den ganzen Tag vor mir sehe.« Er schlug etwas unwirsch auf seinen Schreibtisch.

Isabel stand auf und hob die Arme. »Ich wollte es dir ja auch nur sagen, nicht dass du mit Papa wieder drüber streitest. Und übrigens scheint da drüben nun auch der dritte Besitzer aufgetaucht zu sein. Papa wird ihn ebenfalls kontaktieren. Vielleicht gibt ja einer schon mal sein Land ab.«

»Danke, vielen Dank!« Insgeheim wunderte es Robert, woher Mergot immer seine Informationen hatte. Wahrscheinlich hatte er jeden Bauern und Gärtner jenseits der Domaine Levall bestochen, ihn auf dem

Laufenden zu halten, was dort passierte. Hätte er nicht zufällig vorhin Cora entdeckt, er hätte vielleicht gar nicht erfahren, dass sie wieder in Frankreich war. Ob sie seinen Brief gelesen hatte? Würde sie ihm verzeihen? Er schüttelte unmerklich den Kopf. Es war wohl mehr als unpassend, darüber nachzudenken, während seine Verlobte ihm gegenüberstand.

Isabel stemmte jetzt die Hände in die Hüften. Früher hätte er diese Pose vielleicht sexy gefunden, heute goss sie nur noch mehr Öl in das Feuer. »Was ist eigentlich los mit dir? Du bist in letzter Zeit immer so schnell aufgebracht. Ich kann nun wirklich nichts dafür, dass dieser Levall so rumzickt.«

»Nein, aber du hast auch kein Verständnis dafür, dass er seinen jahrhundertealten Familienbesitz nicht einfach so hergibt.«

Isabel verzog das Gesicht. »Tradition, Tradition, ich weiß. Würde euch allen hier mal ganz guttun, wenn ihr eure Traditionen etwas entstauben würdet.«

»Das kannst du sicher ganz toll beurteilen.« Robert konnte es sich nicht verkneifen, diese spitze Bemerkung zu machen. Ob bei Isabel oder ihrem Vater, einen wunden Punkt konnte man bei ihnen immer treffen, nämlich dass sie keine Tradition hatten. Mergot hatte sich aus einfachen Verhältnissen hochgearbeitet, und soweit Robert wusste, reichte sein Wissen über seine eigene Familie gerade mal bis zu den Großeltern. Robert hingegen wurde jeden Tag beim Gang durch den Flur von einer langen Ahnenreihe beäugt, und alle schienen zu flüstern: Erhalte das Château. Roberts größte Angst war es, in dieser langen Reihe nun derjenige zu sein, der es schaffte, das Haus in den Ruin zu treiben. Vielleicht war das etwas albern, aber es ging ihm hier um etwas mehr als nur sein Zuhause, es war sein Familienbesitz, und das sollte es auch bleiben. Doch seit Isabel und ihr Vater hier planten, schien alles auf Abwege zu geraten. Allein schon, dass sie vorhatte, mit ihm, Robert, auf den Nachbarhügel in einen Neubau zu ziehen, dort, wo momentan noch das Haus der Domaine Levall stand! An so was hätte hier vor dem Auftauchen der Mergots niemand gedacht.

15

Cora?«

Amy klopfte an Coras Zimmertür.

»Ja, komm rein.«

Beide waren am Vormittag durch die Weinfelder bis zum Wald und wieder zurück gewandert. Es war ein heißer Tag, und Cora hatte sich danach erst mal frisch machen wollen.

Amy betrat den Raum. »Sag mal, bekommt man hier immer so schnell Post?« Sie wedelte mit einem Umschlag. »Den hat Valeska mir gerade gegeben. Er sei vorhin abgegeben worden.«

Cora schnaubte. »Herzlichen Glückwunsch, das ist wohl die Einladung von Mergot.«

»Wie? Was will er denn?«

»Na, essen will er mit dir sicher nicht. Mach auf und guck rein.«

Amy zog den Brief aus dem Umschlag und las.

»Ah, der will mit mir über den Verkauf des Landes sprechen. Das ging aber schnell.«

»Der ist wahrscheinlich froh, dass du endlich aufgetaucht bist.«

»Muss ich da hin?«

Cora zuckte mit den Schultern. »Wie du möchtest.«

»Ist doch eine nette Gelegenheit, sich dieses Schloss da unten mal von innen anzusehen.« Amy grinste nun.

»Ja, das lohnt sich durchaus, da hast du recht.«

»Kommst du mit?«

»Ich?« Cora legte sich die Hand auf die Brust.

»Du warst da doch schon, oder? Ich meine … ich so allein?«

»Ich dachte, du warst mal Anwältin?«, stichelte Cora.

Amy streckte ihr die Zunge raus. »Ja, und jetzt bin ich eine alternde, verschrobene Frau, die Hühner hält und ein Kompostklo hat. Also, kommst du mit?«

»Hm, ist wohl besser.«

Amy strahlte. »Danke!«

Cora spürte, dass es keine gute Idee war. Die Gefahr war groß, dass sie Robert dort begegnete, und das gefiel ihr gar nicht. So ohne Pascal und Robert war es sehr ruhig um sie herum, angenehm ruhig. Nichts brachte ihre Hormone in Rage und nichts ihr Herz zum Rasen. Aber Amy alleine in die Fänge von Mergot lassen, das wollte sie auch nicht. Damals waren es die Davingtons gewesen, die sie unterstützt hatten, jetzt fühlte sie sich tough genug, Amy in die Höhle des Löwen zu begleiten.

»Was steht da, wann sollst du da sein?«

»Morgen um fünfzehn Uhr.«

»Na dann.« Cora ließ sich ergeben auf ihr Bett sinken.

Amy hingegen blieb erwartungsvoll im Raum stehen. »Machen wir heute noch was?«

Cora sah sie fragend an.

»Ich denke, du bist zum Arbeiten hier? Musst du dich nicht ein bisschen umsehen, Recherche und so?« Sie zwinkerte. »Ich komm dann mit.«

Amys Energie belustigte Cora. »Ja, können wir nachher machen. Lass mich nur ein Stündchen ausruhen, okay?«

»Okay. Dann bis nachher.«

Amy drehte sich um und verließ barfuß, wie Cora jetzt auffiel, das Zimmer. Dabei wippten ihre langen blonden Locken fröhlich auf ihrem Rücken.

Zwei Stunden später saßen sie in dem kleinen roten Leihwagen und fuhren in Richtung Norden. Es herrschte eine brütende Hitze in dem Fahrzeug, und Amy und Cora hatten ihre Fenster ganz runtergekurbelt. Die warme Sommerluft rauschte somit durch das ganze Auto, brachte aber kaum die gewünschte Abkühlung. Cora wählte die Straße, die durch den Wald führte, in der Hoffnung, dass es dort etwas kühler war. Ihr fiel auf, dass jetzt wesentlich mehr Touristen unterwegs waren als noch vor einigen Wochen. Die Hauptsaison hatte wohl begonnen, und an der Straße fanden sich überall kleine Hinweisschilder zu Campingplätzen oder Gästezimmern. Trotz des warmen Wetters wanderten eine Menge Leute mit Rucksäcken bepackt durch das Waldgebiet, und auf dem Radweg, der an der Straße entlangführte, war auch ziemlich viel Betrieb.

»So einsam, wie man meint, ist es hier wohl doch nicht«, bemerkte auch Amy.

Sie fuhren bis an den Strand bei L'Amélie. Dort waren Schutzwälle aus Stein dem Sand vorgelagert. Auf diesen hüpften Möwen umher, und die Wellen brachen sich gurgelnd zwischen den Steinen. Cora hielt die Nase in den Wind und zog tief die salzige Meeresluft ein. Amy hingegen balancierte barfuß auf dem Steinwall entlang, die Arme weit ausgebreitet.

»Was ist damals passiert? Warum hast du deinen Job als Anwältin aufgegeben?«, fragte Cora laut gegen den Wind.

Amy hob die Arme hoch. »Ich weiß nicht, ich war fertig. Heute heißt das wohl Burn-out. Während einer Verhandlung bin ich heulend zusammengebrochen, war dann vier Wochen in einer Klinik, und danach habe ich alles verkauft und bin in den Bauwagen gezogen.«

»Einfach so?« Cora versuchte, auf dem Strand mit ihr Schritt zu halten.

»Na ja, einfach war das nicht. Ein Jahr zuvor war Sean, mein Exmann, mit seiner Jugendliebe durchgebrannt. Und er war auch noch so nett gewesen, den größten Teil von unserem Hab und Gut mitzunehmen. Ich hatte fast nichts mehr. Und plötzlich so allein zu sein, war auch nicht schön.«

»Und du hast nie daran gedacht, zurück in den Beruf zu gehen?«

»Nein, ich war raus. Und das, was ich neu beginnen konnte, war besser. Die Arbeit mit den Kindern und das Leben in der Natur. Weißt du, alles gehört ja irgendwie zusammen. Klingt jetzt vielleicht etwas esoterisch, aber ich glaube, wir sind alle Teil eines Ganzen, und je mehr man versucht, sich davon zu lösen, was die meisten Menschen ja tun, desto schlechter geht es einem.«

Cora spürte, wie ihre Zehen im Sand versackten. Sie hatte die Schuhe ausgezogen und wanderte durch die ankommenden Wellen. Sie dachte über Amys Worte nach. Hatte sie sich bisher gesträubt, ein Teil von etwas zu sein, und war es deswegen auch nicht geworden? Mit solchen Fragen hatte sie sich noch nicht befasst. Hier aber erschienen sie ihr plötzlich nachdenkenswert. Das Gefühl, in das Médoc zu gehören, klammerte sich an ihr, seit sie aus dem Flieger gestiegen war. Sie hatte keine Ahnung, wieso. Gerade mal zehn Tage hatte sie hier verbracht. Aber in diesen Tagen hatte sie mehr Leben in sich verspürt als all die Zeit in London. War sie hier irgendwie verankert? Warum zog sie dieser Landstrich so an, und warum fühlte es sich so an, als wäre sie schon tausendmal an diesen Stränden gewesen, in den Wäldern und zwischen den Feldern?

»Gehen wir noch ein Eis essen?«, riss Amy sie aus ihren Gedanken.

Am frühen Abend kehrten sie zurück zur Domaine Levall. Die Luft zwischen dem Haupthaus und der Scheune flimmerte noch vor Hitze. Der Esel stand unter einem niedrigen Busch im Schatten und wedelte lustlos mit seinen Ohren die Fliegen fort.

Coras Blick fiel auf den Eingang zum Weinkeller, und sogleich meldete ihr Körper den Willen, dort noch einmal einen Abend mit Pascal zu verbringen. Sie versuchte, diesen Drang vehement abzuschütteln.

»Du solltest dir von Maxime den Weinkeller zeigen lassen, Amy.« Cora war froh, dass Amy in diesen Worten keinerlei Doppeldeutigkeit heraushören konnte.

»Ich werde ihn fragen, doch ich bin eigentlich nicht so die Weintrinkerin.« Sie zuckte mit den Schultern.

»Ich auch nicht, aber der Wein hier ist wirklich gut.«

Sie schlenderten zum Haupthaus.

16

In der großen Küche standen Valeska und Maxime, und beide schienen hochzuschrecken, als Cora und Amy den Raum betraten.

»Hallo.« Valeskas Wangen waren knallrot.

Cora kannte sie inzwischen ganz gut. Die Röte zeugte von Aufregung, und Maxime sah betrübt aus.

»Was ist passiert?«, fragte Cora sofort.

Maxime winkte ab, aber Valeska wedelte aufgeregt mit einem Stück Papier. »Die Bank, sie wollen die Kredite kündigen.«

Cora zog die Augenbrauen hoch. »Kredite?«

Maxime antwortete nur zögerlich. Es schien ihm nicht zu gefallen, dass Valeska so vorgeprescht war und ihr Problem vor im Grunde fremden Menschen ausposaunt hatte. »Wir haben vor einigen Jahren Geld aufgenommen, um neue Maschinen anzuschaffen und die ganze Anlage drüben, wo wir den Wein herstellen. Das war nötig, denn die alten waren mehr kaputt als tauglich, und einige fielen fast auseinander.«

Amy streckte ihre Hand aus. »Darf ich mal sehen, ich kenne mich ein wenig damit aus.«

Cora sah genau, wie Maximes Blick von Amys nackten Füßen über das grobe Leinenkleid zu ihren bunten Klimperketten wanderte.

»Sie war mal Anwältin!«, sagte sie und nickte gewichtig.

»Anwältin?« Maxime lachte kurz auf.

Cora konnte ihn verstehen, sie hatte ja fast ebenso reagiert.

»Ja, war ich«, sagte Amy seelenruhig, während sie den Brief studierte.

»Und das hier«, sie zeigte auf das Blatt Papier, »wäre zumindest in England nicht rechtens. Haben Sie hier einen Computer mit Internet? Dann könnte ich das schnell prüfen.«

»Ja … ja«, antwortete Maxime etwas verblüfft und deutete auf die erste Tür im Flur. »Da im Büro … wenn Sie meinen.«

Amy verschwand mit dem Schreiben.

Maxime fixierte Cora mit seinen dunklen Augen. »Und sie war wirklich mal Anwältin?«

»Ja, aber das ist eine längere Geschichte. Die sollte sie Ihnen irgendwann mal selbst erzählen.«

Maxime zuckte mit den Schultern.

Valeska zauberte von irgendwo aus den Tiefen ihrer Küche eine Flasche Schnaps, stellte vier Gläser auf den Tisch und goss schon mal drei davon ein.

»Auf den Schreck!«

Maxime stürzte als Erster das Getränk hinunter.

Cora zögerte. Es roch sehr scharf. Dann trank sie und musste sogleich husten. »Oh, der ist stark.«

»So, und jetzt essen wir etwas.«

Amy tauchte eine halbe Stunde später aus dem Büro auf. Mit einem nichtssagenden, fast versteinerten Gesichtsausdruck setzte sie sich zu den anderen an den Terrassentisch, nahm ein Glas Wein und trank einen großen Schluck.

Sechs Augen starrten sie erwartungsvoll an.

Plötzlich grinste sie. »Kann ich noch gut, dieses ernste Gesicht, oder?« Schwungvoll legte sie das Schreiben der Bank auf den Tisch und tippte mit einem Zeigefinger darauf. »Das ist hier genauso rechtswidrig wie in England auch. Eigentlich wollte ich ja vor solchen Sachen meine Ruhe haben, aber da ich ja nun sozusagen direkter Nachbar bin und dieses Schreiben wohl auf dem Mist der Familie Chevalier gewachsen ist, werde ich mich darum kümmern. Wenn ich darf?« Ihr Blick wanderte zu Maxime.

»Wenn Sie möchten.« Er ließ die Schultern hängen. »Ich glaube nur, dass aller Aufwand umsonst sein wird. Ich werde die Domaine zum Jahresende an Chevalier verkaufen.«

»Wollen Sie das, oder meinen Sie das zu müssen?« Amys Stimme klang förmlich.

»Von wollen kann keine Rede sein.«

»Dann sollten wir auch sehen, wie wir das verhindern können. Das kann doch nicht sein, dass diese Leute ihnen hier einfach alles wegnehmen wollen.«

Maxime erwiderte nichts, sondern goss sich noch einen Schnaps ein.

»So in der Art hat Mr. Davington das auch gesagt. Er war auch der Meinung, man sollte sich unbedingt dagegen wehren«, erklärte Cora.

»Wehren, wehren, wie soll man sich gegen so viel Geld wehren?« Maxime schüttelte den Kopf. »Ich meine, wenn ich den Chevaliers ihre schicke Zukunftsplanung da unten vermassle, hab ich doch hier oben sowieso keine Ruhe mehr.«

Cora hob die Hand. »Aber etwas wie das hier kampflos aufgeben – das Thema hatten wir ja nun schon einige Male.«

»Pascal meint auch, dass es besser wäre zu verkaufen.«

»Ja, der liegt aber auch schon seit Jahren mit Robert im Clinch«, sagte Valeska.

»Was ist eigentlich passiert, dass die beiden sich nicht leiden können?« Cora fragte sich das schon die ganze Zeit.

Valeska und Maxime sahen sich an, schwiegen aber zunächst. Dann schüttelte Valeska den Kopf. »Alte Geister sollten wir nicht wecken.«

»Auf jeden Fall werden Cora und ich morgen zu diesem Mergot gehen, und ich werde ihm sagen, dass er sich sein Geld sonst wohin stecken kann. Wenn er mir das Land abkaufen will, muss er schon reichlich dafür schmoren.«

Cora klatschte sich mit den flachen Händen auf die Oberschenkel. »Super, jetzt fehlen dann nur noch die Davingtons und Pascal, und die Armee steht hier auf dem Hügel bereit.«

Darüber musste sogar Maxime schmunzeln.

17

Cora war am nächsten Morgen früh auf den Beinen. Sie hatte Valeska gefragt, bei welchem nahe gelegenen Weingut sie Material für ihren ersten Artikel sammeln könne, und Valeska hatte ihr die Familie Témeron in dem Örtchen Couquèques vorgeschlagen. Diese sei sehr nett, und sie erfahre dort sicher noch einiges mehr über Wein als das, was sie schon auf der Domaine erzählt bekommen habe.

Cora steuerte den kleinen Wagen über die Landstraßen und durch die Dörfer des Médoc. Couquèques lag zur Flussseite der Halbinsel hin und war umringt von grünen Weiden, die sie ein bisschen an das ländliche Buckinghamshire erinnerten. Das Weingut, auf dessen Hof sie dann einbog, sah etwas anders aus als die Domaine oder das Château auf der dem Meer zugewandten Seite. Sie stand vor einem großen Agrarbetrieb mit etlichen Lagerhallen, Scheunen und einem großen gelb getünchten Hauptgebäude. Den ersten Mann, der ihr auf dem Hof über den Weg lief, sprach sie an. Wie angewiesen grüßte sie als Erstes recht herzlich von Valeska, und schon lachte der Mann und führte sie bereitwillig zum Hauptgebäude. »Die Seniorchefin nimmt sich sicherlich Zeit für Sie.«

Eine ältere Dame, bestimmt schon an die siebzig, begrüßte Cora freundlich. Diese trug ihr Anliegen vor, richtete noch einmal den Gruß von Valeska aus, was der Dame ein Lächeln ins Gesicht zauberte, und bekam prompt die Einladung, sich den Betrieb anzusehen.

Neben einem Exkurs über die Gewinnung von Wein, wo sie das meiste schon von Pascal gehört hatte, erklärte Madame Témeron ihr überschwänglich den richtigen Genuss von Wein. Hier füllte sich Coras Notizbuch in Windeseile mit vielen nützlichen Hinweisen. Und Madame Témeron verriet ihr ganz beiläufig einige Geheimnisse hinsichtlich des Dekantierens, dass sich die Kenner darüber streiten würden, ob ein Rotwein zunächst in einer Karaffe atmen müsse oder nicht.

»Wissen Sie, Madame Thompson, bei jungen Weinen ist das oft überflüssig. Im Gegenteil, es kann sogar schädlich sein. Ein junger Wein hat wenig Schwebstoffe und Ablagerungen, dafür aber viel mehr flüchtige Aromen. Daher rate ich: aufmachen und genießen. Ein wirklich alter Wein hingegen sollte in die Karaffe. Früher waren die Herstellungsmethoden oft noch nicht so ausgereift, da kamen oft noch die Häute der Trauben mit in die Fässer. So ein Wein braucht zunächst Luft, und die bitteren Schwebstoffe sollten sich absetzen können. Und«, sie hob gewichtig die Hand, »so einen Wein sollte man auch im Glas nicht mehr zu sehr schwenken. Wissen Sie, ich habe manchmal Amerikaner hier, die schütteln den Wein wie einen Fruchtsaft oder Cocktail.«

Cora schrieb fleißig mit. Ihre nächste Weinprobe würde auf jeden Fall auch anders ablaufen. So langsam kam sie auf den Geschmack, sich mit den Besonderheiten dieses Getränks auseinanderzusetzen.

Nach gut zwei Stunden hatte sie schon einiges an Material. Der Artikel über Wein würde zumindest kein laienhafter werden.

Auf dem Rückweg zur Domaine Levall wurde ihr allerdings zunehmend mulmig. Am Nachmittag stand der Termin im Château auf dem Plan.

Als Cora nach ihrer Rückkehr auf Amy stieß, musste sie sich zusammenreißen, nicht abzusagen. Sie hatte versprochen mitzugehen, und so weit sie Amy bisher erlebt hatte, ruhten in dieser Frau auch zwei Herzen. Zum einen war da die zurückhaltende, eher schüchterne Amy, zum anderen die ehemalige Anwältin, die auch mal nach vorn preschte. Cora war schon der Meinung, dass Amy Mergot die Stirn bieten könnte.

Kurze Zeit später lief sie schon mit ihr durch die Hügel zu dem Tal, wo das Château stand. Wie immer sah es friedlich aus. Cora schielte kurz auf Amys Füße. Sie hatte schon wieder keine Schuhe an. Eigentlich fehlte nun wirklich nur noch Mr. Davington mit einer Zeitung vorm Gemächt, und alle Bewohner der Domaine Levall würden wohl früher oder später wegen geistiger Unzulänglichkeit eingefangen. Gut, sie selbst vielleicht nicht, dafür war sie dicht dran, dem Wein ein zu guter Freund zu werden. Himmel, über was für einen Mist man nachdachte, wenn man nervös war! Sie schüttelte über sich selbst den Kopf.

»Da vorn müssen wir durch die Hecke, dann können wir durch den Park direkt zum Haupteingang.« Cora war zwar erst zweimal hier gewesen, aber es war nicht schwer, sich in der Parkanlage zurechtzufinden. Es gab gerade Wege, gerade Beete, und nicht die kleinste Pflanze erlaubte sich, aus der Reihe zu tanzen. Da mochte sie den leicht verwilderten Garten mit den vielen Schmetterlingen bei den Levalls schon lieber.

Als sie vor der großen Eingangstür standen, zupfte Cora sich nervös an den Haaren. Ihr war zum Weglaufen zumute.

Auf ihr Klopfen hin öffnete wieder die junge blonde Frau die Tür – Isabel, Roberts Verlobte. In Cora krampfte sich etwas zusammen. Isabel war zart gebaut mit langen, schlanken Händen und Beinen. Sie trug ein luftiges Sommerkleid, und auf die Haare war eine große Sonnenbrille gesteckt. Eine Vorstellung sparte sie sich, wohl in der Annahme, dass Amy wusste, wer sie war. »Kommen Sie rein.«

Amy tappte mit nackten Füßen über die uralten Holzdielen und sah sich um. Als Isabel bemerkte, dass sie keine Schuhe trug, weiteten sich kurz ihre Augen. Cora schmunzelte.

Isabel führte Amy und Cora in das Arbeitszimmer des Châteaus.

Cora wollte gerade aufatmen, als sie Mergot hinter dem Schreibtisch sitzen sah, da bemerkte sie Robert. Er stand am Fenster. Sein Blick traf den ihren, und für Sekunden schien die Zeit stillzustehen. Tausend Fragen, tausend Antworten rauschten durch Coras Kopf. Sie wusste sofort, dass sie ihm verzeihen würde, dass sie mit ihm – auch als Robert Chevalier – noch mal genau das erleben wollte, was sie mit ihm als Franco erlebt hatte.

Sie wollte mit ihm im Wind des Atlantiks stehen und den Wellen lauschen, sie wollte die Pferde am Strand um die Wette galoppieren lassen, und sie würde noch viel mehr mit ihm erleben wollen. Er riss seinen Blick von ihrem fort, als seine Verlobte neben ihn trat. Cora senkte schnell den Kopf.

Mergot war aufgestanden und zog sein Jackett zurecht. »Mesdames, schön, dass Sie es einrichten konnten. Madame …? Wir kennen uns noch nicht.«

»Amy.« Amy streckte Mergot die Hand über den Schreibtisch.

Etwas verwirrt schüttelte er sie. »Amy?«

Amy nickte. »Das reicht. Ich habe im Rahmen einer spirituellen Reinigung meinen Nachnahmen abgelegt und pflege nur noch meinen Vornamen zu gebrauchen.«

Das hörte sich völlig verrückt an, wurde von Amy aber in so überzeugtem Anwaltston hervorgebracht, dass Cora fast gelacht hätte.

Mergot runzelte die Stirn, schüttelte kurz den Kopf und streckte dann den Arm in Richtung Isabel und Robert aus. »Darf ich Ihnen meine Tochter Isabel vorstellen und ihren Verlobten, Robert Chevalier, den Eigner dieses Châteaus.«

»Hi, Isabel, hi, Robert«, erklang es aus Amys Mund.

Jetzt schüttelte auch Isabel den Kopf. Robert hingegen trat nach vorn und reichte Amy die Hand. »Freut mich, Sie kennenzulernen, Amy.« Dann gab er Cora die Hand. »Freut mich, Sie wiederzusehen, Cora.«

Cora durchschoss eine Hitzewelle. »Monsieur Chevalier«, brachte sie gerade so über die Lippen. Gott sei Dank schien keiner das »wiederzusehen« gehört zu haben. Das letzte Mal, als sie in diesem Raum gesessen hatte, war nur seine Mutter, Isabel und Mergot zugegen gewesen. Mit Robert alias Franco war sie dann im Garten zusammengestoßen. Offiziell kannten sie sich noch gar nicht.

»Nehmen Sie bitte Platz.« Mergot deutete auf die beiden Stühle vor dem Schreibtisch.

Robert kehrte zurück zum Fenster, wo er sich neben Isabel stellte.

Amy setzte sich neben Cora und schlug die Beine so übereinander, dass man einen ihrer nackten Füße sehen konnte.

Amys Fuß im Blick, begann Mergot mit seiner Rede. »Also, Amy, wir haben Ihnen ja bereits das Angebot für das Land postalisch zugestellt. Sie brauchen sich um nichts zu kümmern. Sobald Sie den Kaufvertrag unterschrieben haben, regeln wir alles Weitere. Sie können dann Ihren Urlaub hier noch genießen und sind natürlich gerne als Gast auch auf unserem Château willkommen.«

Cora bezweifelte das.

Amy setzte ein freundliches Lächeln auf und umfasste mit beiden Händen ihren nackten Fuß, wie andere die Hände im Schoss falteten. »Danke, Monsieur Mergot. Würden Sie mir bitte noch erklären, was Sie mit dem Land anstellen werden?«

Mergot lachte. »Wir werden dort natürlich weiterhin Wein anbauen.«

»Und was ist mit den Ferienhäusern, die Sie hier bauen wollen?«

»Die werden direkt an den Bereich des Haupthauses angegliedert. Die Baumaßnahmen finden einzig auf den ehemaligen Pferdekoppeln statt.«

Cora sah aus dem Augenwinkel, wie Robert bei diesen Worten eine Millisekunde das Gesicht verzog. Sie erinnerte sich daran, dass er als Franco nicht gerade positiv über dieses Bauvorhaben gesprochen hatte. Warum nur duldete er es dann?

»Werden die Ferienhäuser nach ökologischen Gesichtspunkten gebaut?«

»Bitte wie meinen Sie das?« Mergot zog leicht verärgert die Augenbrauen zusammen.

»Na bekommen die Solar, Erdwärme, Baustoffe aus nachhaltigen Quellen?«

»Entschuldigen Sie, ich denke, solche Planungen überlassen wir besser unseren Architekten«, fiel Isabel Amy vom Fenster aus ins Wort.

»Nun, mich interessiert das, schließlich werden diese Häuser zu Füßen meines Weins gebaut. Ich möchte ja, dass meine Pflanzen auch die nächsten Jahre noch gut leben können.«

»Madame, dieses Weingut produziert seit Jahrzehnten Qualitätsweine und trägt seit über hundert Jahren die Grand Cru Classé. Glauben Sie mir, Ihrem Wein wird es bei uns gutgehen.«

Langsam schien Mergot genug von der barfüßigen Engländerin zu haben.

Amy verschränkte nun die Arme vor der Brust. »Also, bevor ich mich entscheide, Ihnen dieses Land zu überlassen, würde ich mich schon gerne etwas genauer mit ihren Weinanbaumethoden beschäftigen.«

»Wenn Sie das unbedingt möchten«, knurrte Mergot etwas ungehalten.

Nun kam das erste Mal Regung in Robert. »Ich werde Ihnen gerne unseren ganzen Betrieb zeigen, Amy, und Ihnen, Mrs. Thompson, natürlich auch, wenn das zur Entscheidungsfindung zuträglich ist?«

Isabel schnaubte leise.

Robert ließ sich nicht beirren. Mit einem Seitenblick zu Mergot fuhr er fort: »Monsieur Mergot ist sicher bereit, Ihnen einen neuerlichen Termin zu gewähren, wenn es dann darum geht, das Land zu verkaufen.«

Amy lächelte Robert an. »Das ist sehr nett von Ihnen, Monsieur Chevalier. Das Angebot nehmen wir gerne an.« Sie erhob sich. »Dann würde ich sagen, wir treffen uns übermorgen. Wann wäre es Ihnen recht?«

»Wann Sie mögen.« Robert nickte Amy zu.

»Dann kommen wir um neun in der Früh. Es wird ja momentan doch sehr warm, und man ist ja auf diesem Gelände sicher einige Stunden unterwegs.«

»Ich werde Sie erwarten.«

Cora spürte, wie sein Blick fragend an ihr hängenblieb. Sie räusperte sich. »Dann werden wir da sein.«

Beim Verlassen des Châteaus grinste Amy wie ein Honigkuchenpferd. »Na, wie war die Öko-Tante?«

Cora konnte kaum einen klaren Gedanken fassen. Die plötzliche Gegenwart von Robert hatte sie total aus dem Konzept gebracht.

»Hey, Cora? Alles klar?«

»Ja … ja. Du warst gut. Mergot hasst dich!«

18

Solar? Diese Engländer haben doch nicht alle Tassen im Schrank. An was für Verrückte hat dieser Levall sein Land da abgegeben?«

Mergot warf wütend eine Aktenmappe auf den Schreibtisch und stemmte die Hände in die Hüften. »Verklagen sollte ich den bis zum letzten Hemd und diese ganzen Halbnackten auch. Habt ihr gesehen?« Er deutete mit einer Hand auf den Stuhl, wo eben noch Amy gesessen hatte. »Die hatte keine Schuhe an!«

Robert wandte sich etwas von Mergot ab, denn er musste schmunzeln. Er konnte Pascal nur ein Kompliment aussprechen. Dieser hatte anscheinend die perfekten Verrückten gefunden, um Mergot zur Weißglut zu treiben.

»Ach, diese Engländer sind im Ganzen sehr schlichte Menschen.« Isabel wedelte sich mit einer Hand etwas Luft zu, als hätten die gegangenen Gäste auch noch schlechte Luft verbreitet. »Diese Blonde, die mit Schuhen, sieht ja noch ganz vernünftig aus. Ich frage mich, was die für eine heimliche Macke hat. Na ja, Robert kann den Kindergarten übermorgen herumführen, und wenn sie dann nicht verkaufen wollen, müssen wir halt schwerere Geschütze auffahren. Ich werde jetzt etwas trinken gehen. Robert?«

»Ich komme gleich nach.« Er trat zum Fenster und stützte sich mit beiden Händen auf die Fensterbank. Wie auch schon gestern verursachte Coras Gegenwart bei ihm leichten Schwindel. Er hatte sich heute sehr zusammenreißen müssen. In der Ferne konnte er die beiden Frauen noch sehen, wie sie über den Hügel zurück zur Domaine Levall gingen. Übermorgen! Übermorgen würde er sie wiedersehen, und vielleicht hatte er dann die Gelegenheit, mit ihr allein zu sprechen. Was sie für eine heimliche Macke hatte? Robert sah Isabel kurz nach, die gerade den Raum verließ. Sie verdreht deinem Verlobten gehörig den Kopf. Er stöhnte leise.

Mergot kam hinter dem Schreibtisch hervor und klopfte Robert auf die Schulter. »Das schaffen wir schon mit diesem englischen Volk, und in ein paar Wochen kann es dann endlich losgehen. Komm, wir nehmen einen Drink.«

»Ich komme gleich, ich muss noch schnell … den Hufschmied anrufen.«

Mergot zuckte mit den Schultern. »Ich gehe schon mal.«

Als Robert endlich alleine war, ließ er sich hinter seinem Schreibtisch nieder und legte die Hände vors Gesicht. »Merde!«, fluchte er leise. Was passierte ihm da gerade nur? Noch vor kurzem hatte er doch den Vorsatz gehabt, Cora aus seinen Gedanken zu streichen, und jetzt war sie präsenter denn je. Er bemerkte, wie er leichte Kopfschmerzen bekam.

Der nächste Tag rauschte an ihm vorbei, weil er sich auf nichts konzentrieren konnte, doch in manchen Stunden wurde er auch zäh wie Gummi, weil er sich konzentrieren musste und nicht konnte. Am Abend wusste er nicht mehr, was er mit dem Weinhändler aus Paris besprochen oder was seine Mutter ihm beim Dinner erzählt hatte. Isabel war er den ganzen Tag aus dem Weg gegangen. Jetzt, am Abend, wäre er am liebsten in eines der Gästezimmer ausgewichen, da er es kaum ertrug, dass sie neben ihm lag. Gott sei Dank schien sie sich nicht dafür zu interessieren, wie es ihm ging.

Am nächsten Morgen war Robert schon auf den Beinen, als die Sonne sich noch als schwacher roter Streifen am Horizont andeutete. Leise schlich er aus dem Schlafzimmer und atmete auf, als er draußen in der kühlen Morgenluft stand. Ziellos wanderte er auf dem Hof umher. Im Pferdestall war noch alles ruhig. Rivana hatte ihn kommen hören und stieß ein leises Wiehern aus, als er zur Tür hereinsah. »Guten Morgen, Mädchen.« Er fischte ein Pferde-Leckerli aus seiner Jackentasche. »Heute gehen wir nicht an den Strand«, flüsterte er. »Aber nachher kannst du auf die Weide, und vielleicht, vielleicht machen wir ja bald wieder einen Ausritt zu viert.« Das war fast zu utopisch gehofft. Robert lehnte sich an Rivanas Boxentür und ließ es ausnahmsweise geschehen, dass sie ganz vorsichtig mit ihren Lippen seine Jacke auf weitere kleine Extras durchsuchte. Sie würde ihn nicht zwicken, das wusste er, und die warme Pferdenase zu spüren tröstete ihn etwas. Er fühlte sich sehr allein. »Was soll ich nur nachher sagen?«, fragte er sie und musste selbst darüber lachen.

Doch Rivana gab ihm einen sanften Stups, als wollte sie ihn aufmuntern. »Du hast recht, Mädchen, ich weiß, aber ich kann nicht so einfach aus meiner Haut.« Er tätschelte ihr den Hals und verließ den Pferdestall. Draußen war die Sonne ein wenig höher gestiegen, und die ersten Vögel zwitscherten in den

Büschen. Einen Augenblick genoss er den Frieden um sich herum.

Pünktlich um neun Uhr wartete er vor dem Haus auf die beiden Frauen. Er sah sie über den Hügel hinabkommen. Cora trug ihre Haare heute offen, und die Morgensonne ließ sie sanft leuchten. Diese Amy lief wieder barfuß, und ihre Füße hinterließen schmale Abdrücke in dem noch taufeuchten Gras des Gartens, als sie auf ihn zukamen.

»Guten Morgen«, begrüßte er die beiden etwas verhalten.

»Guten Morgen«, erwiderte Amy. Cora nickte nur. Amy klatschte in die Hände. »Und, wo fangen wir an?«

»Ich dachte, wir machen einen Spaziergang zu den Weinstöcken, dann zeige ich Ihnen unsere Maschinen und anschließend das Herzstück, den Weinkeller. Für eine Weinprobe ist es allerdings noch etwas früh.« Robert versuchte, mit einem Lachen seine eigene Nervosität zu überspielen.

Er ging voran, Amy schob sich direkt neben ihn, und Cora blieb einen Schritt zurück. Sie vermied es, ihn anzusehen. Sie war immer noch sauer auf ihn, er spürte es.

Der Spaziergang zu den Weinstöcken lenkte ihn etwas ab. Amy war nicht auf den Mund gefallen und stellte ihm allerhand Fragen. Doch Robert wäre nicht Winzer, wenn er nicht all diese hätte beantworten können. Er erklärte Amy geduldig die unterschiedlichen Methoden, wie der Wein an die Spaliere gezogen werden konnte, wann man ihn beschnitt und wann und wie geerntet wurde. Dann erklärte er ihr die einzelnen Weinsorten, die auf dem Château wuchsen, und wo ihre späteren geschmacklichen Unterschiede lagen. Das Thema Schädlingsbekämpfung rührte Amy etwas auf. Robert versicherte ihr, dass bei ihm nur so viel Chemie wie nötig eingesetzt wurde und dass er sich bemühte, der Natur auch ihren Raum zu geben. »Wir verwenden zum Beispiel keine Mittel, die auf höhere Lebewesen zielen wie etwa Wühlmäuse und Maulwürfe. Das sind zwar keine gerngesehenen Gäste, aber wir bekämpfen sie dennoch nicht aktiv. Dafür haben wir hier viele Raubvögel und auch Eulen. Wenn Sie nachts etwas aufmerksam sind, können Sie im Mondschein beobachten, wie sie aus dem Wald herüberfliegen und zwischen den Spalieren nach Beute suchen.«

Amy lächelte wohlwollend.

Nach den Weinstöcken gingen sie zu den großen Scheunen. Hinter den Toren verbargen sich allerhand Maschinen. Robert erklärte, wofür die kleinen Traktoren benutzt wurden, und deutete dann auf die großen Erntetrecker.

Amy stand neben einem der überdimensionalen Reifen und schaute nach oben. »Fährt man damit direkt über die Reihen?«

»Ja.« Robert nickte. »Man hat dann den Weinstrang genau unter sich, und die Maschine – das ist ein sogenannter Traubenvollernter – nimmt ganz automatisch die Trauben von der Pflanze.«

Amy sah etwas enttäuscht aus. »Ach, ich dachte, hier laufen dann ganz viele Erntehelfer mit großen Kiepen herum und pflücken von Hand.«

»Na ja, früher hat man das so gemacht, aber auf längere Sicht ist so eine Maschine nun mal günstiger.«

»Und vernichtet Tausende von Arbeitsplätzen weltweit.«

»Das tun Maschinen leider überall«, versuchte Robert eine befriedigende Antwort zu geben.

»Oh, ist das da vorn ein Pferdestall?« Amy tappte schon wieder auf den Hof hinaus. Die Maschinen schienen sie nicht sonderlich zu interessieren.

»Ja, da stehen unsere Pferde. Wollen Sie mal gucken?« Er machte eine einladende Geste.

»Ja, gerne.«

Nun lief Amy einige Meter vor, und Cora musste zwangsläufig zu ihm aufschließen. Sofort spürte er wieder diese kribbelnde Nervosität.

»Hey.«

»Hey«, antwortete sie und lächelte zaghaft.

»Hast du meinen Brief bekommen?«, fragte er leise.

»Ja, habe ich.«

»Bist du noch böse auf mich?« Er musste es jetzt einfach wissen.

Sie blieb stehen. »Böse? Ich war stinksauer! Was hast du dir nur dabei gedacht? Wann hattest du vor, mir die Wahrheit zu sagen? Oder hättest du das Spiel weitergespielt? Die Engländerin fährt ja sowieso bald nach Hause?«

Er hob beschwichtigend die Hände. »Ich hatte das in keiner Weise geplant. Das … das ist mir einfach so passiert. Mehr als entschuldigen kann ich mich nicht, Cora.«

»Und die Kleinigkeit, dass du verlobt bist? Wann wolltest du mir das erzählen? Das hört sich jetzt vielleicht dumm an, doch ich hatte mit *Franco* ein paar wirklich tolle Tage, und ich hätte mir sehr gewünscht, dass da vielleicht sogar noch etwas mehr draus wird. Das ist aber mit Robert gestorben.« Sie hob kurz hilflos die Hände, dann ging sie davon.

Robert schossen tausend Dinge durch den Kopf, die er ihr gerne sagen wollte, doch er brachte keinen Ton heraus.

Als er Cora hinterhersah, bemerkte er Isabel, die oben an einem Fenster im ersten Stock stand und hinunter auf den Hof schaute. Er straffte sich und ging mit forschen Schritten in Richtung Pferdestall. Hatte Isabel sie beobachtet? Er bewegte sich gerade auf sehr dünnem Eis. Sagte oder tat er das Falsche, wäre sein Leben nur noch ein Scherbenhaufen.

19

Scheiße!« Cora warf sich auf ihr Bett und vergrub das Gesicht zwischen den Kissen. Genauso hatte sie sich das vorgestellt, aber nicht herbeigewünscht. Nach ihrem kleinen Ausbruch hatte sie sich eilig von Amy verabschiedet, die schon im Pferdestall war. »Ich hab irgendwie Kopfschmerzen. Ich gehe zurück zur Domaine, okay?« Bevor Amy etwas erwidern konnte, hatte sie auf dem Absatz kehrtgemacht und war wieder mal geflohen. Darin war sie ja spitze! Sie ballte die Hände zu Fäusten. Warum hatte sie auch auf Robert treffen müssen. Wäre sie vorgestern nicht mit rübergegangen, wäre sie gar nicht in Not gekommen. Aber sie hatte ihn noch einmal sehen wollen, und das mit dem Noch-einmal-Sprechen hatte sie ja nun auch erledigt. Was hatte es gebracht? Noch mehr Schmerz. Sie hätte in England bleiben sollen. Sie hatte doch keine Chance. Das blonde Ding mit den langen Beinen war sicher eher Roberts Kragenweite. Sollten sie miteinander glücklich werden. Doch sie spürte, wie sehr es brannte. Sie konnte sich einreden, was und so viel sie wollte, sie hatte ihr Herz verloren, und das eindeutig an den falschen Mann.

Gegen Mittag hatte sich Cora so weit wieder gefangen, dass sie sich zu ihrer nächsten Recherchefahrt aufraffen konnte. Valeska hatte ihr am Morgen eine weitere Adresse genannt, ein Weingut bei Lesparre. Es sei eine kleine private Kelterei, wo der Wein noch ganz traditionell und von Hand hergestellt werde. Das ergänzte sich im Artikel sicherlich gut zu dem modernen Betrieb der Madame Témeron.

Cora zog sich ein paar frische Sachen an, warf sich zwei Hände voll kaltem Wasser ins Gesicht und eilte dann aus dem Haus. Sie wusste nicht, ob Amy schon wieder da war, legte es aber auch nicht unbedingt darauf an, sie jetzt zu treffen.

Im Wagen atmete sie befreit aus. So sehr sie hier auch irgendetwas festhielt, sie sollte genügend Stoff für ihren Artikel sammeln und dann wieder zurück nach London fliegen. Und am besten das Land verkaufen. Die Davingtons und Amy waren ja auch noch da und würden schon die Fahne hochhalten.

Nach Lesparre musste sie gen Süden fahren. Es war der Weg, der auch zurück nach Bordeaux führte. Lesparre war im Vergleich zu den Dörfern, die um die Domaine Levall herum lagen, fast eine kleine Stadt. Cora musste den Ort aber durchqueren. Das Weingut der Familie Fuliére, die sie heute besuchen wollte, lag etwas östlich. Es dauerte eine Weile, bis sie das Haus gefunden hatte. Unscheinbar lag es ein wenig abseits der Straße.

Madame Fuliére schien sie erwartet zu haben. Sie stand bereits vor dem Haus, eine rundliche kleine Frau, der eine schwarze Katze um die Beine strich. Valeska machte in Sachen Kontakte einen guten Job. Cora schien es, als würde diese hier wirklich jeden kennen.

»Bonjour! Sie sind die Engländerin, die ein Buch über unseren Wein schreiben will?« Madame Fuliére gab der Katze einen sanften Schubs und kam auf Cora zu, die schon aus dem Auto stieg.

»Oui – kein ganzes Buch, aber immerhin einen langen Bericht in einer Zeitschrift«, korrigierte Cora.

Madame Fuliére winkte ab. »Ach, das ist ja auch egal. Kommen Sie, ich freue mich.«

Cora stand schneller, als sie gucken konnte, in einer kleinen Scheune neben dem Haus. Der Raum war vollgestopft mit alten Geräten, und es roch intensiv nach vergorenen Trauben.

»Schauen Sie, wir machen noch alles von Hand, die Weinlese, das Pressen. Mein Mann baut sogar noch die

Fässer selber.« An der Wand waren bis unter die Decke kleine braune Weinfässer gestapelt.

Dann erzählte Madame Fuliére Cora in Windeseile, wie sie hier den Wein herstellten. Im Großen und Ganzen unterschied es sich nicht sehr von der modernen Art, nur dass es wohl viel mehr Zeit und Herzblut kostete. Cora machte sich ein paar Notizen. Hier interessierte sie mehr das Bildmaterial. Sie hatte eine kleine Kamera dabei, mit der sie einige stimmungsvolle Bilder machte. Allein das Licht, das durch die halboffene Tür auf die alten Fässer fiel und deren Holz in einem dunklen Goldton glänzen ließ, war schon ein tolles Motiv. Schöner als die sterilen Stahlbehälter in dem Großbetrieb.

Madame Fuliére, die inzwischen wieder auf Schritt und Tritt von der Katze begleitet wurde, winkte Cora aus der Scheune heraus. »So, und jetzt müssen Sie auch probieren.« Und schon saß Cora in einer kleinen Küche und bekam ein Glas vor die Nase gestellt. Dies war sogleich die Feuerprobe in Sachen dekantieren. Sie schaute einen Augenblick auf den Wein, den Madame Fuliére ihr eingoss, und entschied dann, ihn einen Augenblick ruhen zu lassen. Er war offensichtlich schon älter und roch so vollfruchtig, dass sie allein davon schon ganz beschwipst wurde. Sie würde nicht viel trinken dürfen, schließlich war sie mit dem Auto hier.

Madame Fuliére plauderte derweil fröhlich drauflos. »Wie geht es denn eigentlich Valeska? Man hört ja, dass Maxime und Pascal etwas Schwierigkeiten haben.«

Cora wurde hellhörig. Hatte sich das schon bis hierher herumgesprochen?

»Ich meine, dass die schon seit Jahren Ärger mit ihren Nachbarn haben. Na ja, wer hat das nicht. Unter den Winzern passiert das ja öfter. Im letzten Jahr hat in Ordonnac der eine dem anderen die ganze Ernte geklaut. Ist nachts einfach mit der Maschine über die Felder gefahren, und schwupps waren alle Trauben weg. Aber gewesen will's keiner sein. Seitdem streitet sich in Ordonnac auch jeder mit jedem.«

Cora nickte nur und hörte aufmerksam zu. Vielleicht erhaschte sie noch die ein oder andere Anekdote, mit der sie ihren Artikel aufpeppen konnte, vom Weindiebstahl einmal abgesehen.

»Na, für Valeska wäre das schon traurig. Sie ist ja schon so lange in dem Haus.« Madame Fuliére nahm die schwarze Katze auf den Schoß und begann deren Kopf zu streicheln. Das Schnurren des Tieres klang durch die ganze Küche. »Sind Sie oft bei den Levalls?«

»Erst zum zweiten Mal«, antwortete Cora.

»Und gefällt es Ihnen hier? Sie kommen aus London, nicht wahr? Ha, London, das ist sicher wie Paris …«

»Ich mag das Ländliche hier. Ich bin auch auf dem Land aufgewachsen.« Cora nahm nun das Weinglas und schwenkte es leicht. Der Wein floss mit breiten

Schlieren, also ein schwerer Wein, folgerte sie in Gedanken. Als der Wein sich beruhigt hatte, nippte sie daran. Er schmeckte wie eine vollreife fruchtige Traube mit einem Hauch von Zimt und etwas … Zitrone. Na, an ihren Benennungen musste sie aber noch arbeiten. »Sehr köstlich!« Anerkennend nickte sie ihrer Gastgeberin zu. Diese quittierte das Kompliment mit roten Wangen und einem Strahlen.

»Nun, die Levalls und die Chevaliers hatten ja früher schon Ärger. Aber dass das jetzt alles noch mal anfängt. Schade, einst waren die Familien doch sogar mal gut befreundet.«

»Ach, waren sie das?« Cora konnte sich das gar nicht vorstellen.

»Ja, der Junge, der Pascal. Früher habe ich Valeska und ihn ja öfter getroffen. Der Pascal und der Robert, die waren gute Freunde. Aber als das dann mit Lucas passierte … Die Jungen waren doch gerade mal Anfang zwanzig.«

»Lucas?«

»Ja, der jüngere Sohn der Chevaliers. Aber da redet niemand mehr drüber. Catherine Chevalier hat da ja einen Vorhang vorgezogen. Auch nicht richtig, wenn Sie mich fragen.«

»Was ist mit Lucas passiert?«

»Das sollen Ihnen die Levalls erzählen. Noch einen Schluck Wein?«

»Nein danke. Das ist sehr freundlich, aber ich muss noch fahren. Und ich sollte auch aufbrechen, denn Valeska erwartet mich zum Abendessen zurück.« Cora hatte es plötzlich eilig. Diese wenigen, aber sehr wertvollen und interessanten Informationen musste sie erst mal verdauen.

Es gab noch einen Chevalier-Sohn. Wo war der? Warum hatte den noch nie jemand auch nur mit einem Wort erwähnt?

Sie gab sich Mühe, sich wenigstens höflich und nett von Madame Fuliére zu verabschieden. Und sie versprach ihr hoch und heilig, eine Ausgabe des Magazins nach Frankreich zu schicken, wenn der Artikel gedruckt wurde. Dann setzte sie sich in ihr Auto und fuhr wieder Richtung Norden.

Als Cora auf der Domaine ankam, waren Valeska und Maxime in der Küche. Maxime hatte mit Hilfe eines Hockers soeben einen der dicken Schinken von der Decke geholt und schnitt ihn gerade auf.

»Valeska, holst du gleich noch Wein? Nimm einen Petit Verdot, der passt gut zu dem Schinken. Hallo, Cora.«

Während Valeska die Küche in Richtung Weinkeller verließ, betrat Cora diese.

»Hallo.« Sie überlegte hastig und entschied sich dann, die Gunst der Minute zu nutzen.

»Maxime, ich habe heute das erste Mal gehört, dass die Chevaliers noch einen Sohn haben.«

Maxime hielt inne und fixierte Cora mit ungewohnt scharfem Blick. »Ja, Robert hat einen jüngeren Bruder.« Dann drehte er sich zum Küchentisch um, so dass Cora ihm nicht mehr ins Gesicht sehen konnte. »Lass diese alte Geschichte ruhen, Mädchen«, murmelte er, während er den Schinken weiter aufschnitt.

Cora starrte aus dem Fenster und überlegte. Nichts, aber auch wirklich gar nichts hatte im Château de Mérival auf Lucas' Existenz hingedeutet. Gut, so genau hatte sie sich bei ihren beiden kurzen Besuchen dort nicht umgeschaut, aber sie hatte nur Bilder von Robert, seiner Mutter und einem älteren Mann, wohl sein Vater, gesehen. Doch was sie noch mehr wunderte, war, dass weder Pascal noch Robert zu diesem Bruder ein Ton über die Lippen gekommen war. Da stimmte doch etwas nicht.

Maxime räusperte sich und hielt plötzlich in seiner Bewegung inne. Seine Schultern sackten nach unten. Als er sich wieder zu Cora umdrehte, sah er plötzlich um Jahre gealtert aus.

»Robert und Pascal … als Jungen waren sie unzertrennlich. Pascal war ja auch viel hier bei mir. Sein Vater … Ach, ich hab meiner Schwester ja immer gesagt, dass er ein Taugenichts ist, aber sie wollte nicht hören. Pascal war immer lieber hier. Er tobte mit Robert durch die Weinberge. Als sie älter wurden … aber das war dann vorbei. Weißt du, Cora …« Maxime wischte nun unablässig mit einem zerschlissenen Küchentuch über das Messer, das er eben benutzt hatte. »Es gibt Dinge, über die wird hier nicht mehr gesprochen. Und das ist vielleicht auch besser so. Und nun geh Amy suchen, wir wollen gleich essen.«

Cora beließ es vorerst dabei. Das Thema schien sehr brisant zu sein. Doch sie würde dem noch auf die Spur kommen. Seit sie den Namen Lucas gehört hatte, wurde sie das Gefühl nicht los, dass die Wurzel allen Streites gar nicht bei irgendwelchem Land lag, sondern viel tiefer ging.

Sie fand Amy zwischen den Weinstöcken nahe des Hauses, wo sie im Schneidersitz im Licht der untergehenden Sonne saß und … Cora hatte keine Ahnung, was sie da machte. Yoga? Meditieren?

»Amy, es gibt gleich Essen!«

»Komme!«

20

Robert war am frühen Abend auf dem Weg zur neuen Pferdekoppel, als er am Reitplatz vorbeikam. Dort trainierte Isabel auf Juan. Der schwarze Hengst war bereits sehr verschwitzt, und dicke weiße Schaumflocken tropften von seinem Maul. Robert ärgerte sich schon wieder über Isabel. Sie hatte einfach kein Gefühl dafür, wann es genug war. Das Pferd war bereits erschöpft und atmete schwer, und dennoch trabte sie ihn Runde um Runde auf dem Zirkel.

Als er näher rankam, konnte er es sich nicht verkneifen. »Isabel, etwas mehr die Hand vor. Du hältst ihn vorne zu fest«, rief er über den Platz. Isabel wollte ihn aber anscheinend nicht hören, denn anstatt dem Pferd die Zügel etwas weicher zu führen, griff sie noch einmal nach, was Juan dazu brachte, den Hals noch enger einzurollen. Zumindest wich sie jetzt vom Zirkel ab und ließ ihn auf der langen Seite der Bahn traben.

Nach einer halben Runde hatte sie Roberts Standort erreicht. Mit einer harten Parade brachte sie ihren Hengst zum Stehen. Schweiß lief seine Beine hinab und tropfte von seinen Fesseln in den Sand.

»Nun gib doch mal die Hand etwas vor, er macht sich doch im Genick viel zu eng«, versuchte es Robert noch einmal.

»Sag mir nicht, wie ich mein Pferd zu reiten habe«, fuhr sie ihn an. Zur Bestätigung piekte sie Juan einmal unsanft mit den Sporen in den Bauch, was er mit bösem Schweifschlagen quittierte. Jedes andere Pferd hätte dies wohl eher mit einem Sprung quittiert, doch Juan war von Isabel einiges gewohnt. Robert musste sich auf die Lippe beißen, um sie nicht noch einmal anzuherrschen.

»Worüber hast du heute Morgen mit der Engländerin gestritten?«

»Gestritten? Ich hab mich doch nicht gestritten?« Robert bemühte sich um einen belanglosen Gesichtsausdruck.

»Lüg mich nicht an, Robert. Ich kenne dich gut genug, und so aufgebracht, wie diese Thompson aussah, ging es wohl um etwas Wichtiges. Kennst du sie eigentlich näher?«

»Woher soll ich sie denn kennen? Sie war die zwei Male hier, um mit deinem Vater zu sprechen.«

»Will sie ihr Land nicht verkaufen?«

Robert atmete innerlich erleichtert auf. Gott sei Dank war Isabel auf der falschen Fährte.

»Nein, will sie nicht. Ich habe ihr gesagt, dass sie uns allen viel Ärger erspart, wenn sie aufhört, den Eiertanz von Levall mitzuspielen.«

»Und das hat sie so aufgebracht?«

»Muss wohl, sie hat mich regelrecht angefahren.«

Isabels Blick blieb misstrauisch. Mit einem Schnalzen ließ sie Juan wieder antreten. »Robert, halte dich von dieser Frau fern! Und sieh zu, dass du mit dem Land weiterkommst. Papa hat schon vermutet, dass du ihn boykottieren willst.«

Robert sah ihr verärgert nach. Was bildete sie sich ein, ihm auch noch Vorschriften machen zu wollen. Er setzte seinen Weg in Richtung Pferdekoppeln fort. Oder war sie wirklich eifersüchtig auf Cora? Hatte sie etwas bemerkt? Er müsste vorsichtiger sein. Krach im eigenen Haus brauchte er wirklich nicht auch noch.

21

Da Maxime Amy an diesem Morgen eine Führung über die Domaine Levall versprochen hatte, war Cora nach dem Frühstück wieder auf ihr Zimmer gegangen.

Nun saß sie auf der kleinen Terrasse in einem bequemen Liegestuhl, sah den Vögeln zu, wie sie in den Büschen umherflatterten, und genoss die Vormittagssonne.

Das Piepen ihres Handys ließ sie hochschrecken. Mit halbgeöffneten Lidern schielte sie auf das Display. Sie hatte mit Ivy gerechnet, aber es war Pascals Nummer, und sie setzte sich erschrocken auf.

»Hallo?«, meldete sie sich.

»Cora? Hi, ich bin's. Bist du noch auf der Domaine?«

»Ja, wir sind noch hier.«

»Und wie gefällt es Amy?«

Cora hörte, wie er grinste.

»Ich glaube, ganz gut. Mergot hat sie schon auf die Palme gebracht, und mit deinem Onkel versteht sie sich sehr gut.«

»Fein.«

»Das war doch dein Plan, oder?« Jetzt war es Cora, die lachen musste.

»Was für ein Plan?«

»Ach, Pascal, die Gewinner wurden doch nicht rein zufällig von dir auserwählt. Da hatte wohl jeder seine zugedachte Aufgabe.«

»Ach quatsch, so was würde ich doch nie machen.« Er schwieg eine Sekunde. »Ich komm übrigens morgen Abend zurück. Nur ein Zwischenstopp, aber ich dachte, es wäre nett, euch zu sehen.«

»Nett?«

»Na komm, so richtig schrecklich fandst du es das letzte Mal mit mir doch nicht, oder?« Diese Frage war eindeutig zweideutig betont.

Cora sagte nichts, machte nur »hm«. Natürlich war ihre letzte gemeinsame Zeit nicht schrecklich gewesen, im Gegenteil. Aber sie wollte es eigentlich nicht noch mal so weit kommen lassen. Sie hatte sich den Grund, warum Pascal sie hatte gewinnen lassen, schon passend zurechtgelegt. Zum einen wohl, weil sie das Geld gut gebrauchen konnte. Sicher aber auch, weil er mit ihr ein unverfängliches Vergnügen ins Auge gefasst hatte. Alleinstehend und deprimiert, da war sie sicherlich für ihn ein interessantes Opfer gewesen. Ein bisschen benutzt fühlte sie sich schon. Aber sie hatte auch ihren Spaß gehabt, das konnte sie nicht leugnen.

»Sag den anderen nichts, soll eine Überraschung sein.«

»Okay.«

»Dann bis morgen.«

Cora legte auf und ließ sich langsam in eine liegende Position zurückgleiten. Pascal kam also zurück. Da musste sie wohl Stärke beweisen.

Am Mittag traf sie in der Küche auf Maxime und Amy. Die beiden saßen bei einem Kaffee zusammen am Tisch und redeten ganz entspannt miteinander. Cora musste schmunzeln. Bisher hatte sie Maxime ja eher wortkarg erlebt, aber Amy schien bei ihm eine Tür aufgemacht zu haben.

»Hi, hattest du eine gute Führung?«

»Ja.« Amy machte eine Siegergeste. »Ich kenn jetzt jede Ecke hier und kann im Notfall auch im Spätsommer meine eigene Weinernte einholen.«

»Das ist gut.«

»Maxime und ich werden morgen Nachmittag nach … Wie hieß die kleine Stadt?«

»Soulac«, ergänzte Maxime.

»Nach Soulac fahren und mit der Bank reden. Ich denke, wir können das Problem mit denen erst mal aus der Welt schaffen.«

»Zieh dir Schuhe an, Amy«, sagte Cora schmunzelnd.

Amy verzog belustigt das Gesicht. »Ich kann auch seriös aussehen.«

Cora hob entschuldigend die Hände. »Das habe ich auch gar nicht bezweifelt.«

»Willst du mit?«

»Nein, ich denke, ich werde noch etwas für meinen Artikel recherchieren.«

»Okay.«

Am Nachmittag machte Cora einen langen Spaziergang. Sie genoss die Stille im Wald und ließ sich dazu hinreißen, sich doch ein paar Erinnerungen zu erlauben, obgleich sie sich gestern noch geschworen hatte, Robert aus ihrem Leben zu streichen. Es war einfach hoffnungslos, daran zu glauben, sie hätte eine Chance. Im Grunde tat keiner dieser beiden Männer ihr gut. Pascal gegenüber brauchte sie aber wohl wenigstens kein schlechtes Gewissen zu haben. Robert hingegen hatte gestern einen ebenso aufgewühlten Eindruck gemacht, wie sie sich selbst gefühlt hatte.

Sie blieb am Rand einer Lichtung stehen. An so einem Ort hatte sie ihn das erste Mal gesehen. Plötzlich wie aus dem Nichts war er in der Ferne auf so einer schmalen Lichtung aufgetaucht, auf einem edlen braunen Pferd mit schwarzer Mähne sitzend. Heute wusste sie, dass es seine Stute Rivana gewesen war. Rivana hatte geschnaubt, und sie hatte die dumpfen Hufschläge auf dem Waldboden gehört. Der Reiter hatte sein Pferd in einem langsamen Galopp gehalten, doch das schien ihm nicht zu passen, denn es hatte einige Sätze vollführt, die der Reiter ohne Probleme ausgesessen hatte. Wie eine Geistergestalt hatte das Paar den Wald durchquert, immer wieder angestrahlt von dem gleißenden Sonnenlicht, das wie jetzt gerade von oben durch die Baumkronen brach, um dann kurz in deren Schatten zu verschwinden. Coras Herz hatte höhergeschlagen, und das tat es jetzt auch. Sie schüttelte den Kopf und ging weiter. Sie sollte einfach die schönen Erinnerungen mitnehmen, ihre Gefühle aber hier mit dem Wind fliegen lassen.

Auf dem Rückweg nahm sie die kleine Seitenstraße, die von den Bauernhäusern zum Hügel hinaufführte. Es dämmerte schon leicht, und sobald die Sonne hinter den Bäumen verschwunden wäre, würden die Schatten der Hecken verschmelzen. Cora ging etwas schneller.

Gerade als sie in den Schotterweg einbiegen wollte, kam ein silberner Geländewagen um die Kurve geschossen. Sie erschrak und sprang zur Seite. Das Fahrzeug hielt genau neben ihr. Das Fenster öffnete sich automatisch, und eine Wolke kalter Klimaanlagenluft schwappte aus dem Wagen. Cora blickte in die schmalen Augen von Isabel und zuckte zurück.

»Mrs. Thompson«, Isabels Stimme war scharf wie ein Messer, »ich habe zwar keine Ahnung, was Sie vorhaben, aber lassen Sie meinen Mann da raus. Jedes Mal, wenn sie hier auftauchen, benimmt er sich seltsam, und das missfällt mir gelinde gesagt. Also, verschwinden Sie zurück nach England. Haben wir uns verstanden?«

Das Fenster fuhr wieder hoch, und Isabel gab Gas, dass Cora verblüfft in einer Staubwolke stehen blieb.

22

Robert sah in der Ferne einen Trecker durch die Weinfelder der Domaine Levall fahren. Er hatte sich gestern den ganzen Tag über Isabels Auftritt geärgert. Das hatte ihm noch mal sehr bewusst vor Augen geführt, dass die Art, die seine Verlobte und sein potenzieller Schwiegervater verfolgten, nicht die seine war. Die letzte Nacht hatte er das erste Mal in einem der Gästezimmer verbracht. Das hatte seine Wirkung nicht verfehlt. Am Morgen hatte in Isabels Blick etwas Fragendes gelegen. Vielleicht hatte sie tatsächlich darüber nachgedacht, ob sie es womöglich war, die etwas falsch gemacht hatte. Doch Robert hegte da wenig Hoffnung. Isabel und Pierre Mergot zeigten mehr und mehr ihre wahren Gesichter, und er fragte sich, wie weit die beiden wohl noch gehen würden, um ihre Interessen hier auf dem Château de Mérival durchzusetzen. Er musste etwas tun, und zwar dringend. Viel zu lange hatte er die Leinen bei den beiden schleifen lassen. Als er jetzt den Trecker dort oben am Hügel sah, was nur Maxime sein konnte, beschloss er spontan, dass jetzt der Zeitpunkt war, sich einzumischen, und zwar auf seine Art. Mit schnellen Schritten ging er los, direkt in die Weinstöcke hinein.

Er traf Maxime beim Ausschneiden einiger Jungpflanzen an. Wie sein Nachbar hatte er als Winzer diese Arbeit schon tausendmal durchgeführt. Sie waren doch beide tief mit diesem Land verwurzelt, viel tiefer noch als ihre ältesten Pflanzen. Es musste doch eine Lösung zu finden sein.

»Maxime?«

Dieser hob verwundert den Kopf. »Robert?« Seine Augen wurden schmal.

Robert konnte es ihm nicht verübeln, dass er ihm mit Misstrauen gegenüberstand. Kaum hatten sie es mühevoll geschafft, die alte Geschichte nach und nach in Vergessenheit geraten zu lassen, da hatte das Auftauchen von Mergot und dessen Pläne das Feuer erneut geschürt. Wenn er, Robert, jetzt nicht handelte, würde dieses Feuer ihrer beider Weinreben vernichten, und dies wohl unwiderruflich.

Robert hob beschwichtigend die Hände. »Ich will nur reden, Maxime.«

Maxime wandte sich wieder seinen Pflanzen zu. »Dann rede, aber schnell. Du stehst auf meinem Land, und ich weiß nicht, wie lange ich das dulden werde.«

»Ich möchte mich für Mergots Verhalten entschuldigen. Er hat sich da mit diesen Ferienhäusern etwas in den Kopf gesetzt.«

»Dein Vater würde sich im Grabe umdrehen, Robert!«

»Ja, dessen bin ich mir auch inzwischen bewusst.«

»Na dann. Hat ja auch lange genug gedauert.«

»Dass Mergot die Domaine Levall aufkaufen will, ist weiß Gott nicht meine Idee gewesen. Und ich möchte dem auch nicht zustimmen. Darüber wollte ich mit dir sprechen. Du weißt, wenn ich gegen Mergot angehe, ist bei mir zu Hause der Teufel los.«

Maxime lachte gehässig. »Das ist wohl nicht mein Problem.«

Robert machte einen Schritt auf Maxime zu. »Ich kann Mergot nur bremsen, wenn ich weiß, dass du da mitspielst. Irgendwas muss ich ihm ja bieten.«

»Was gedenkst du zu tun?«

»Ich möchte, dass Mergot sein Kaufangebot für die Domaine zurückzieht und wir, ich betone, wir«, er wies mit einem Zeigefinger zwischen Maxime und sich hin und her, »neu verhandeln. Ich würde dir gerne ein Pachtangebot machen. So bleibt die Domaine Levall in deiner Hand.«

Maxime sah ihn jetzt wieder an, dann schüttelte er den Kopf. »Ich weiß nicht. Haben unsere Familien nicht bewiesen, dass sie nur schwer miteinander auskommen?«

»Maxime, was damals geschah, dafür konnte ich nichts. Meine Mutter … Ich selbst stand ja unter Schock. Und mir hat sie ja auch die Schuld gegeben. Schau mich doch an, ich bin für sie doch nur die zweite Wahl, aber ohne mich würde sie das Château de Mérival verlieren, und dessen ist sie sich auch durchaus bewusst.«

»Ich weiß nicht.« Maxime schüttelte erneut den Kopf.

»Das wäre eine Sache nur zwischen uns, ohne meine Mutter, ohne Pascal, ohne Mergot. Nur muss ich sicher sein, dass du zusagen würdest, denn nur so könnte ich das Land zum Château dazunehmen.«

»Ohne Mergot? Und wo soll der dann seine Ferienhäuser bauen?«

Robert verschränkte die Arme vor der Brust. »Das ist mir dann egal. Wenn das Château de Mérival und die Domaine Levall sich zusammenschließen, können wir auch ohne Mergots Geld überleben.« Er sah in Maximes Augen ein leichtes Aufblitzen. »Denk in Ruhe darüber nach, Maxime«, sagte er, hob die Hand zum Abschied, machte kehrt und verließ das Land der Domaine Levall.

Dass Maxime gut darüber nachdenken würde, dessen war sich Robert sicher. Er selbst war jetzt sehr weit vorgeprescht. Wenn Maxime ihm zusagte, gäbe es kein Zurück mehr. Aber das erste Mal seit Monaten fühlte er, wie sich in ihm ein Knoten löste. Es würde Ärger geben, viel Ärger, aber dagegen würde er gewappnet sein. Ab jetzt würde er hier wieder die Zügel in die Hand nehmen.

Und er würde Cora sagen, was sie ihm bedeutete.

23

Cora spürte am nächsten Vormittag eine leichte Veränderung auf der Domaine Levall. Es war nur eine Nuance, so als würde sich das Wetter ändern. Sie beobachtete Valeska, Maxime und Amy, konnte aber nicht ausfindig machen, von wem diese leichte Stimmungsänderung ausging.

Als Amy, die mit Maxime aufbrechen wollte, aus ihrem Zimmer kam, blieb Cora fast die Spucke weg. Amy trug nicht nur Schuhe, sie hatte ganz normale Kleidung an, einen beigen Rock, eine dunkelblaue Bluse, und außerdem hatte sie es irgendwie geschafft, ihre wilden langen Locken zu einem eleganten Knoten aufzustecken.

»Darf ich so zur Bank fahren?« Sie grinste und schien sich ihrer Wirkung bewusst.

Cora nickte. »O ja, und wo haben Sie bitte schön die Amy gelassen?«

»Die hat jetzt mal einen halben Tag Pause.« Amy sah auf ihre Füße. »Ich bin aber froh, wenn ich die Dinger heute Abend wieder ausziehen kann.«

Wenig später sah Cora Maximes grünem Geländewagen nach, wie er vom Hof fuhr.

Als sie sicher war, dass sie fort waren, stieg sie selbst in ihr kleines rotes Auto und machte sich auf den Weg nach Saint-Vivien. Sie hatte herausgefunden, dass es dort eine Bücherei gab. Vielleicht hatte die ein Archiv.

Notgedrungen musste sie in dem kleinen Ort an der Kirche vorbei. Hier hatte sie Robert zum zweiten Mal getroffen. Sie war mit Valeska nach Saint-Vivien gefahren, um sich ein wenig umzusehen. Im Schatten des imposanten Kirchenschiffs war sie Robert – damals für sie noch Franco – wieder in die Arme gelaufen. Rückblickend hätte sie vielleicht misstrauisch sein müssen. Für einen Gärtner war er eigentlich zu fein gekleidet gewesen, und seine Hände hatten nicht wie die eines Mannes ausgesehen, der tagtäglich in der Erde wühlte oder Pferdemist schaufelte.

Cora parkte ihren Wagen und eilte an der Kirche vorbei. Heute war sie ganz anderen Erinnerungen auf der Fährte.

Sie fand die Bibliothek in einer engen Seitenstraße. Bis auf einen älteren Herren mit Brille, der hinter einem Tisch saß, auf dem sich Unmengen Karteikästen stapelten, war niemand da.

»Bonjour«, sagte Cora.

Der Mann mit der Brille schreckte förmlich hoch. »Oh, bonjour. Was kann ich für Sie tun?«

»Ich schreibe für ein englisches Reisemagazin einen Artikel über die Gegend hier, und nun wollte ich fragen, ob Sie ein Archiv haben, wo ich vielleicht alte Tageszeitungen oder so finden könnte.«

Der Mann sah sie kurz abschätzend an, dann nickte er. »Oui, wir bewahren sie im Keller auf.« Er erhob sich schwerfällig und führte Cora durch einen schmalen Flur zu einer noch schmaleren Treppe, knipste das Licht im Keller an und wies nach unten. »Verzeihen Sie mir, wenn ich Sie nicht begleite, aber ich kann nicht so gut laufen.«

»Ist schon okay, ich finde mich schon zurecht. Danke!«

»Wenn Sie Fragen haben, rufen Sie einfach, ich bin vorne.«

»Oui, merci.« Cora ging die steile Stiege nach unten. Es roch muffig und etwas feucht. Spinnweben hingen wie Lametta von der Decke. Der Keller war vollgestopft mit Büchern und Papierstapeln. Sie brauchte ein wenig, bis sie einen kleinen Raum entdeckte, der voller alter

Zeitungen war. Hier sah es aus, als hätte der Mann von oben über Jahre sämtliche Tageszeitungen in den Keller getragen, anstatt sie fortzuwerfen. Stapel um Stapel türmte sich an den Wänden.

Madame Fuliére hatte etwas von Anfang zwanzig gesagt, als sie das Alter von Robert und Pascal erwähnt hatte. Cora schätzte, dass sie Anfang der neunziger Jahre suchen musste. Als sie den passenden Stapel gefunden hatte, arbeitete sie sich Zeitung für Zeitung nach unten durch. Wäre es etwas Größeres gewesen, hätte es in dieser ländlichen Gegend sicher auf dem Titelblatt gestanden.

Nach gut einer Stunde hatte sie plötzlich eine Zeitung mit einer Schlagzeile in der Hand, die sie erschaudern ließ. »Vier junge Leute verunglücken schwer bei Hourtin.« Unter der Headline war ein Bild von einem Auto, das frontal mit einem Baum kollidiert war. Cora versuchte, den Text zu übersetzen. Der Fahrer war wohl betrunken gewesen, eine junge Frau war gestorben. Sie schluckte. Ein Schwerverletzter, zwei Leichtverletzte. Sie war sich fast sicher, dass es das war, was sie suchte. Kurzerhand steckte sie die Zeitung in ihre Tasche und legte die anderen wieder auf den Stapel. Es würde wohl niemand merken, dass genau diese fehlte.

Sie verließ den Keller, bedankte sich noch einmal bei dem älteren Mann und machte sich wieder auf den Weg zur Domaine Levall.

Dort angekommen, sah sie schon von weitem Pascals Cabrio vor dem Haus stehen. Sie parkte ihren Wagen und umklammerte einen Moment lang das Lenkrad. »Mist!« Sie würde ihm wohl kaum aus dem Weg gehen können. Also wappnete sie sich dagegen, nahm ihre Tasche und ging zum Haus.

In der Küche empfing Valeska sie freudig. »O Cora, schau, wer da ist!« Ihr Blick sprang zwischen Pascal und Cora hin und her, als würde sie zwei Kinder ermahnen, nicht wieder zu streiten.

»Hey, Cora.« Pascal kam auf sie zu, legte ihr eine Hand auf die Schulter und küsste sie auf die Wange. Natürlich war das in Frankreich üblich, aber sie spürte, wie er eine Millisekunde zu lange seine Wange an der ihren ließ. »Schön, dich wiederzusehen«, raunte er.

Cora spürte, wie sich auf ihrem ganzen Körper feine Härchen aufstellten.

»Ha, jetzt sind wir ja fast alle wieder beisammen.«

24

Maxime und Amy kamen gut gelaunt aus Soulac zurück. Cora war gerade aus ihrem Zimmer gekommen, wohin sie mit der fadenscheinigen Ausrede, sich frisch machen zu wollen, vor Pascal geflüchtet war.

»Wir haben es geschafft! Die Bank ist erst mal damit einverstanden, die Raten einige Monate auszusetzen, und dann verhandeln wir die neuen Konditionen.« Amy griff sich an ihren Haarknoten, löste ihn und ließ sich ihre langen Haare wieder über den Rücken wallen.

Pascal war bei Valeska in der Küche gewesen und sah nun etwas irritiert von Amy zu Maxime und dann zu Cora.

»Wer ist denn *die* Frau?«, fragte er lachend.

Maxime trat zu Pascal und klopfte ihm auf die Schulter. »Schön, dass du da bist, dann können wir ja die Neuigkeiten zusammen feiern.«

Amy ließ ihre Schuhe von den Füßen plumpsen. »Darf ich denn jetzt auch noch ein paar Tage Urlaub machen?«

Maxime hatte eine Flasche Schnaps hervorgezaubert. »Du kannst hier so lange Urlaub machen, wie du willst, Amy.«

Sie saßen auf der Terrasse, ließen sich von Valeska mit allerhand Leckereien verwöhnen, tranken und lachten. Cora sah in die Runde. Amy und Maxime schienen sich heute noch ein wenig nähergekommen zu ein. Sie bemerkte, wie auch Pascal immer wieder zu den beiden hinschaute.

Sie beugte sich etwas zu ihm hin. »War das dein Plan?«

Er grinste. »Die passen doch super zueinander, oder?«

»Du bist unmöglich.«

»Weiß ich.« Er hob sein Glas.

Die Sonne verschwand hinter dem Wald, und im warmen Rot des Abendlichts begannen die Grillen ihr Konzert. Maxime zündete ein Feuer in der Grillstelle an, und Funken tanzten langsam gen Himmel.

Cora spürte allmählich den Wein, dabei hatte sie sich doch geschworen, einen klaren Kopf zu behalten.

Sie musste unbedingt jemanden finden, der ihr erklärte, was damals passiert war. Hatten Robert und Pascal diesen Unfall? Wer war die Tote, wer hatte sich schwer verletzt? Lag hier das Geheimnis des langen Familienstreits? Wenn sie so in die Runde sah und an Robert dachte, war sie fast ein bisschen traurig, dass er nicht hier war. Sie war sich sicher, ihm würde so etwas gefallen, mehr, als da unten mit seiner versnobten Verlobten zu sitzen. Sie goss sich noch einmal Wein nach und leerte das Glas in einem Zug. Sie sollte sich ihn aus dem Kopf schlagen, ein für alle Mal.

»He, bitte etwas gefühlvoller mit dem Wein sein.« Pascals Blick blieb an ihr hängen, dann nickte er leicht. Cora wusste genau, was er damit meinte.

Er stand auf und ging weg von der Terrasse in Richtung Weinstöcke.

Cora erhob sich und gab vor, sich einen Pullover holen zu wollen. Sie begab sich ins Haus, aber nicht in ihr Zimmer, sondern verließ es wieder durch die Eingangstür. Sie musste aufpassen, nicht zu schwanken, doch ihr Körper wusste sehr wohl, wohin er laufen wollte.

Dicht an der Wand zur Scheune sah sie seinen Schatten. Kaum war sie bei ihm angekommen, zog er sie an sich und küsste sie. Sie spürte seinen warmen Körper und sein Verlangen. In ihr begann alles zu vibrieren.

Er zog sie hinter die Scheune, wo hohe alte Pinien standen, drückte sie an einen der knorrigen Stämme und umfasste ihre Hüften.

Nein, sie hatte sich zum Abendessen nicht absichtlich ein Kleid angezogen, aber jetzt erwies es sich als gute Entscheidung. Stöhnend drängte ihr Körper sich ihm entgegen. Sie brauchten keine Worte mehr, um sich zu finden.

Später, als sie zurück zur Terrasse gingen, verspürte Cora kein schlechtes Gewissen. Pascal war immer noch unverbindlich, und wenn sie jetzt dank Amys Einsatz ihr Stück Land hier noch etwas behalten könnte, dann würde sie das auch in vollen Zügen auskosten.

25

Robert war in der Scheune und belud den Anhänger des Treckers mit Baumaterial für die Pferdekoppel, die richtige Pferdekoppel, die am Haus. Er hatte Mergot am Morgen mitgeteilt, dass er das Projekt mit den Ferienhäusern zunächst auf Eis lege.

»Pierre, das wird dieses Jahr sowieso nichts mehr. Es sind noch viel zu viele Fragen offen. Wir können im nächsten Frühjahr noch einmal darüber sprechen.« Mit diesen Worten hatte er den verdutzten Mann stehen lassen und sich diebisch gefreut. Er wusste sehr wohl, was danach im Haus los gewesen war. Er hatte erst mal einen Ausritt gemacht.

Jetzt würde er zur Koppel fahren, die Pflöcke des Bauunternehmers entfernen und den Zaun wieder schließen.

Dann konnten seine Stuten wieder da grasen, wo sie es immer schon getan hatten. Er war beschwingt von dem befriedigenden Gefühl, endlich wieder alles unter Kontrolle zu haben.

Nur eines brannte noch in ihm – er musste mit Cora sprechen. Gestern hatte er Pascals Sportwagen auf der Straße gesehen. Er wusste, dass Pascal nicht seine Finger von Cora lassen würde. Die Eifersucht stach schmerzhaft. Doch noch gab es Isabel in seinem Leben.

Er lud die letzten Rollen Stromzaun auf den Anhänger, stieg auf den Sitz des Treckers, startete und trat aufs Gas. Kurz wunderte er sich, als es einen Ruck durch das Gefährt gab, schob es auf den Anhänger und gab noch mal Gas. Er hörte ein leises Knirschen und wollte sich gerade umdrehen, als aus dem Knirschen ein Krachen wurde.

Das Letzte, was Robert sah, war das Gebälk der Scheune, das auf ihn herabstürzte.

26

Cora blinzelte in die Sonnenstrahlen. Sie hatte es sich im Liegestuhl auf der Terrasse bequem gemacht und war wohl eingeschlafen. Jetzt brauchte sie einen Augenblick, um zu realisieren, wo sie war. Sie hatte von London geträumt, von Pascal. Bevor der Schlaf sie übermannt hatte, hatte sie sich noch geärgert, dass sie sich Pascal doch wieder hingegeben hatte. Aber sie kam nicht umhin, trotz des Ärgers darüber zu lächeln. Sie wusste nicht, was er an sich hatte oder was ihren Körper trieb, sich ihm so willenlos hinzugeben, aber wie schon die letzten Male hatte sie es einfach genossen. Der kurze Schlaf und das schlechte Gewissen über ihr etwas zügelloses Verhalten hatten ihre Träume wild und fahrig sein lassen. Die Geräusche der Stadt waren sehr präsent gewesen. Doch jetzt, da sie wieder wach war, realisierte sie, dass die Geräusche gar nicht in ihrem Traum gewesen waren. Lautes Sirenengeheul hallte über die Weinstöcke. Erschrocken setzte sie sich auf. Valeska trat aus der Küche, eine Stange Porree in der Hand haltend.

»Was ist das? Wo kommt das her?« Sie sah kurz zu Cora und versuchte dann lauschend, die Sirenen zu lokalisieren.

Cora stand auf. Bisher hatte sie hier noch nie Sirenengeräusche gehört. »Ich weiß nicht. Aus dem Dorf vielleicht?«

Valeska schüttelte den Kopf. »Nein, das kommt von da hinten. Die fahren … die fahren unten den Weg zum Château!« Sie legte die Porreestange auf den Gartentisch und ging in Richtung der Weinfelder.

»Warte, ich komm mit.«

Sie brauchten nicht lange zu gehen, bis man von dem grasbewachsenen Weg zwischen den Weinstöcken den Hügel hinab in das Tal sehen konnte, wo das Château de Mérival lag.

»Da fährt ein Rettungswagen!« Cora beschirmte sich mit einer Hand die Augen, um besser sehen zu können. Dabei durchfuhr ein kalter Schauer ihren Körper. In London war es gang und gäbe, dass irgendwo irgendwelche Sirenen heulten. Aber hier in der ländlichen Idylle des Médoc kam es ihr fremdartig vor. »Was wohl passiert ist?« Sie legte sich die Arme um den Oberkörper.

Valeska reckte den Hals, aber sie waren zu weit entfernt, als dass sie etwas von den Vorgängen auf dem Hof des Châteaus mitbekommen konnten.

»Vielleicht ist es Madame Chevalier. Die hat wohl manchmal Probleme mit den Nerven.« Valeska zuckte mit den Schultern. »Oder der Gärtner ist von der Leiter gefallen. Das ist ihm vor ein paar Jahren schon mal passiert. Ich geh wieder in die Küche. Sicher wird morgen einer der Nachbarn wissen, was los war.« Sie grinste etwas schief.

Hier kannte jeder jeden, und die unüberhörbare Ankunft eines Rettungswagens hatte wahrscheinlich schon alle Anwohner aufgeschreckt. Während Valeska sich zurück zur Domaine begab, sah Cora weiterhin hinab zum Château. Ihr war nicht wohl dabei. Zwar konnte sie nicht behaupten, dass sie die Bewohner des Châteaus gut kannte, und vor allem auch nicht, dass sie sie besonders mochte, doch sie wünschte keinem etwas Schlechtes, zumal ja auch noch Robert dort unten lebte. Sie war vorgestern hart mit ihm ins Gericht gegangen. Die Wut über sein Schauspiel, das er bei ihrem letzten Besuch hier abgehalten hatte, hatte ihr viele Wochen bitter im Hals gebrannt. Dabei hatte er ja nicht unrecht damit gehabt. Hätte sie gewusst, wer er wirklich war, hätte sie wohl zum damaligen Zeitpunkt kein Wort mit ihm gewechselt. In ihr verknoteten sich die Gefühle zu einem wirren Bündel. Sie mochte Robert, zumindest so, wie sie ihn da kennengelernt hatte. Ja, so mochte sie ihn sogar sehr. Aber dann war da noch Pascal. Ihr wurde bewusst, dass sie sich ihm auch gestern hingegeben hatte, weil sie sich Robert aus dem Kopf hatte schlagen wollen. Kein guter und vor allem auch ein erfolgloser Plan. Sie seufzte leise. Pascal sah das Ganze sicher so unverbindlich wie sie. Zumindest hoffte sie das. Er war kein Beziehungstyp, er war ein Mann, der seine Freiheit genoss. Sie war sich sicher, dass sie nicht die einzige Frau dieses Sommers in seinem Leben war oder sein würde, was sie nicht sonderlich berührte. Das zwischen ihnen war rein körperlich. Bei dem Gedanken musste sie fast lachen. Dass sie einmal in so eine Art Beziehung geraten würde, daran hatte sie Anfang des Jahres auch noch nicht gedacht. Wie sie so vieles nicht geahnt hatte, als sie noch ein geregeltes und normales Leben in London gehabt hatte. Jetzt stand sie zwischen zwei Leben, dem ohne wirkliche Zukunft in London und dem ohne noch weniger Zukunft hier in Frankreich. Dieser Sommer war wie ein Karussell auf dem Jahrmarkt. Es machte ihr irgendwie Spaß, aber sie wusste nicht, wann es anhalten würde und sie aussteigen müsste.

Die wieder aufklingende Sirene des Rettungswagens riss sie abrupt aus ihren Gedanken und ließ ihr Herz vor Schreck einen Augenblick aussetzen. Das Fahrzeug verließ mit hohem Tempo das Grundstück des Châteaus. Sie legte sich die Hand auf den Mund. Da ging es sicherlich nicht um eine Lappalie. Der Geschwindigkeit nach zu urteilen, ging es eher um Leben und Tod.

Cora hatte keinen Appetit. Valeska hatte eine Käsesuppe gekocht und einige Stangen frisches Brot gebacken, doch beim Geruch des Essens zog sich Coras Magen unangenehm zusammen.

Sie hatte noch eine ganze Weile dort auf dem Weinberg gestanden und geschaut, aber es gab nichts zu sehen. Nachdem der Rettungswagen davongefahren und die Sirene nach und nach immer leiser geworden war, hatte die Stille das Tal wieder übernommen. Vögel hatten im Licht des späten Nachmittags gezwitschert. In der Ferne hatte ein Pferd gewiehert. Irgendwann war Cora zum Haus zurückgegangen.

Pascal, der während des ganzen Tages nicht auf der Domaine gewesen war, kam gerade herein. Amy und Maxime waren in den Weinstöcken südlich der Domaine gewesen und hatten von dem Vorfall wohl gar nichts mitbekommen. Angeregt plaudernd kamen sie in die Küche, verschwitzt und die Kleidung dreckig, doch Amy schien die Mitarbeit auf den Weinfeldern sichtlich Spaß zu machen.

»Habt ihr mitbekommen, was los war?« Valeska schnitt das Brot in dicke Scheiben.

Amy und Maxime hielten inne und sahen sie fragend an.

Pascal kam an den Tisch und nahm sich noch vor dem Hinsetzen das erste Stück Brot. »Nein, was war denn?«, fragte er kauend.

»Da ist heute Nachmittag ein Rettungswagen zum Château gefahren.« Valeska deutete mit einem Kopfnicken in Richtung der Ländereien der Chevaliers.

»Ach, ich dachte, der wäre weitergefahren?« Maxime zog die Augenbrauen hoch.

Cora nahm sich ebenfalls eine Scheibe Brot. »Der ist dann nach einer ganzen Zeit auch wieder schnell weggefahren. Schien dringend zu sein.«

Valeska beobachtete sie aus dem Augenwinkel und schob ihr den Suppentopf hin.

»Hoffentlich nichts Schlimmes?«, sagte Amy. »Ich meine, besonders nett sind diese Leute ja bis auf diesen Robert nicht. Der gibt sich wenigstens noch etwas Mühe.«

»Hm«, machte Maxime und rührte mit seinem Löffel in seiner Suppe.

Pascal, der mit großem Appetit aß, schien das Ganze weniger zu tangieren. »Morgen wird wohl einer der Nachbarn Bescheid wissen. Sicher nichts Schlimmes. Vielleicht hatte die Madame wieder einen hysterischen Anfall, oder Isabel hat sich von ihrem Pferd treten lassen.«

Cora wurde das Gefühl nicht los, dass es keine Lappalie gewesen war, die den Rettungswagen zu so schneller Fahrt veranlasst hatte. Im Stillen verfluchte sie das feindschaftliche Verhältnis zwischen den Nachbarn. Ihr ginge es besser, wenn sie wüsste, dass Robert nichts zugestoßen war.

27

Am nächsten Morgen hatte Valeska noch nichts Neues zu berichten. Die Nachbarn hatten natürlich die Sirenen ebenso gehört, aber noch hatte niemand erfahren, was auf dem Château geschehen war.

Cora hatte unruhig geschlafen. Das kleine Paradies auf der Domaine Levall hatte feine Risse bekommen. Anscheinend war man auch hier nicht vor Unglücken sicher. Sie hatte es einige Tage lang geschafft, sich vor ihren Zukunftsängsten zu verstecken, doch in der letzten Nacht hatten diese sie wiedergefunden. Sie hatte zwar jetzt einen Artikel zu schreiben, und danach würde sie wohl auch noch die weiteren machen können, doch was war dann? Wie lange hatte sie jetzt einen Job? Vielleicht ein halbes oder ein dreiviertel Jahr? Früher hatte sie sich mit solchen Gedanken nicht rumschlagen müssen. Doch jetzt arbeitete sie für eine fremde Redaktion, von der sie bisher nur Sherine kennengelernt hatte.

Vielleicht gefielen ihre Texte ja gar nicht? Sie spülte ihre Versagensängste mit einem großen Schluck Kaffee hinunter. Bisher hatte sie noch nie einen wirklich schlechten Artikel geschrieben, und das würde sie auch jetzt schaffen, zumal sie schon einiges an interessantem Material zusammen hatte. Sie durfte sich jetzt nicht hängenlassen.

»Guten Morgen!« Amy kam fröhlich in die Küche. »Ich hab ganz schön Muskelkater.« Sie reckte sich vorwurfsvoll.

Cora musste lachen. »Hat Maxime dich so schuften lassen?«

Amy nickte. »Ich dachte ja, Wein kann man so einfach wachsen lassen, ernten und gut ist. Dass man so viel an diesen Pflanzen rumschneiden und zupfen muss, war mir nicht bewusst.«

»Maxime ist schon los, du sollst nachkommen.« Valeska hielt Amy eine Tasse Kaffee hin.

Amy seufzte gespielt. »Ich muss mich wohl daran gewöhnen, wenn ich mein Stück Land selbst bewirtschaften will.« Sie nahm die Tasse und setzte sich zu Cora. »Und du? Was hast du heute vor?«

»Ich wollte heute in Richtung Pauillac, noch etwas recherchieren.«

»Oh!« Valeska drehte sich zu ihnen um. »Dann fahr unbedingt zum Château Mouton Rothschild. Da gibt es ein kleines Museum.«

»Hört sich interessant an.« Cora versuchte, sich ihre Unlust nicht anmerken zu lassen.

»Fahr doch mit Pascal. Ich glaube, der wollte heute auch in diese Richtung. Wo bleibt der eigentlich?« Valeska sah etwas missmutig in Richtung Flur. »Der Junge schläft immer so lange.«

Als es laut an der Eingangstür klopfte, zuckten alle drei Frauen zugleich zusammen.

»Wer ist denn das?« Valeska wischte sich die Hände an ihrer Schürze ab und ging zur Tür.

Cora und Amy reckten neugierig die Köpfe.

Kurze Zeit später kam Valeska mit einem fremden Mann in die Küche.

Er trug unverkennbar eine Uniform, und Valeskas Gesicht schien wie eingefroren.

»Guten Morgen, Mesdames. Mein Name ist Inspecteur Gilbert.«

Cora und Amy setzten sich intuitiv aufrecht hin.

»Ich habe einige Fragen an Sie. Wo sind die Messieurs Levall?«

Valeska räusperte sich. »Maxime Levall ist bereits im Wein, und Pascal Levall ist im Haus. Ich hole ihn.«

Der Inspecteur de police nickte und schien warten zu wollen.

Pascal kam noch etwas verschlafen aus einem Zimmer. Cora sah ihm an, dass er sich das Shirt und die Hose in aller Eile übergezogen hatte.

»Inspecteur, guten Morgen. Was können wir für Sie tun?« Er gab dem Beamten die Hand.

Valeska stellte sich zu Amy und Cora an den Tisch. »Was ist denn los?«

Der Inspecteur räusperte sich. »Es gab am gestrigen Nachmittag bei Ihren Nachbarn, den Chevaliers, einen Unfall.«

Pascal nickte. »Ja, wir hörten von dem Rettungswagen. Hoffentlich nichts Schlimmes?«

Der Inspecteur zückte mit ernstem Gesicht einen kleinen Notizblock und einen Stift. »Robert Chevalier hatte einen schweren Unfall.«

Cora zog scharf die Luft ein und schlug sich mit der Hand vor den Mund.

Valeska legte sich beide Hände auf die Wangen. »O nein, was ist denn geschehen?«

»Ich kann Ihnen zu den Einzelheiten keine Angaben machen. Darf ich fragen, wo Sie sich alle seit vorgestern Abend aufgehalten haben?«

Pascal sah den Inspecteur abschätzend an. »Warum?«

»Weil es den Verdacht gibt, dass es kein Unfall, sondern ein vorsätzlich herbeigeführtes Unglück war.«

»Und warum befragen Sie uns dazu?« Pascal verschränkte die Arme vor der Brust.

»Weil Ihre Nachbarn davon berichtet haben, dass es unlängst zu Streitigkeiten zwischen Ihren Familien gekommen ist.«

Jetzt war es Pascal, der scharf die Luft einzog. »Was ... Das ist doch eine Frechheit!«

Valeska sah ihn warnend an. »Pascal! Inspecteur, natürlich beantworten wir Ihre Fragen gerne, wenn es behilflich ist.«

»Danke. Also?« Er fixierte als Ersten Pascal.

»Ich bin erst vorgestern wieder hergekommen. Fast den ganzen Tag war ich in Cussac bei einem Weinhändler. Der Mann wird Ihnen das bestätigen können. Am späten Nachmittag bin ich zurückgekehrt. Abends haben wir alle zusammen gegessen.« Er zuckte mit den Schultern. »Gestern war ich in Brach auf dem Château Húgon. Auch das wird man Ihnen dort bestätigen können.«

»Madame?« Der Inspecteur sah Valeska an.

»Oh, ich war die ganze Zeit hier. Also nicht nachts, da war ich zu Hause. Ich wohne unten in Grayan-et-l'Hôpital.«

»Sie sind ...?«

»Valeska ist die Haushälterin meines Onkels. Was soll die ganze Fragerei? Verdächtigen Sie etwa einen von uns, etwas damit zu tun zu haben?« Pascals Stimme war lauernd.

»Wir müssen erst mal allen Fragen nachgehen. Dieser Unfall ist nicht einfach so geschehen.«

»Sie haben hoffentlich auch schon Monsieur Mergot befragt. Soweit ich weiß, hatte auch er einige Unstimmigkeiten mit Robert Chevalier.«

»Wir werden keine voreiligen Schlüsse ziehen. Und nun bitte, Mesdames.« Der Inspecteur sah Cora und Amy an.

Amy verschränkte die Arme vor der Brust. »Ich war vorgestern mit Monsieur Levall, also Maxime Levall, in Soulac. Wir hatten dort einen Termin bei der Bank. Abends haben wir hier alle zusammen gegessen. Gestern war ich mit Monsieur Levall den ganzen Tag auf den Weinfeldern.«

Der Inspecteur sah Amy etwas irritiert an. »In welcher Beziehung stehen Sie zur Familie?«

»Ich mache hier Urlaub.«

»Urlaub.« Er kritzelte etwas in seinen Block, dann sah er zu Cora.

»Ich bin auch Gast hier. Vorgestern war ich in Saint Vivien. Ich … ich habe mir den Ort und die Kirche angesehen.« Sie musste sich zusammenreißen, um bei dieser kleinen Lüge nicht die Stimme zittern zu lassen. Dass sie in Wirklichkeit die Bibliothek des Ortes besucht hatte, um ihren ganz eigenen Fragen zu den Familien auf den Grund zu gehen, musste der Inspecteur ja erst mal nicht wissen. »Abends habe ich ebenfalls am Essen teilgenommen. Gestern … war ich eigentlich den ganzen Tag hier.«

»Gut, das war es erst mal. Bitte halten Sie sich aber für eventuelle weitere Fragen zur Verfügung. Gedenken die Damen, bald abzureisen?«

Amy antwortete für sich und Cora. »Nein, wir sind noch einige Zeit hier.«

»Sollten Sie planen abzureisen, lassen Sie es mich bitte vorher wissen.«

Cora fand den Mut, jetzt direkt nachzufragen. »Was ist denn nun mit Robert geschehen? Wie geht es ihm?«

Der Blick des Inspecteurs wurde misstrauisch. »Sie kennen Monsieur Chevalier?«

Pascal sprang ein. »Er ist unser Nachbar, und Madame Thompson ist schon zum zweiten Mal hier im Urlaub. Wir würden alle gerne wissen, wie es ihm geht.«

Der Inspecteur steckte seinen Block wieder ein. Sein Blick wurde etwas milder. Die Aussagen aller schienen ihm wohl plausibel genug. »Monsieur Chevalier hatte einen Unfall in der Scheune. Das Dach ist eingestürzt. Über seinen Zustand kann ich nichts Genaueres sagen. Er ist in ein Hospital nach Bordeaux gebracht worden.«

Cora schauderte. Das hörte sich sehr ernst an.

»Danke für Ihre Mitarbeit. Und falls ich wie gesagt noch weitere Fragen habe, werde ich mich bei Ihnen melden.« Der Inspecteur verabschiedete sich.

Pascal begleitete ihn zur Tür. Die Frauen blieben betroffen zurück.

Als Pascal wiederkam, fuhr er sich mit beiden Händen durch die Haare. »O Mann, das auch noch …«

Amy erhob sich. »Ich werde mal Maxime suchen und ihm Bericht erstatten. Cora?« Sie warf Cora einen prüfenden Blick zu. Ihr war deren Reaktion auf diese Nachricht nicht entgangen.

»Alles okay.« Cora versuchte abzuwinken. Innerlich fühlte sie sich jedoch miserabel. Niemand auf der Domaine wusste von ihren wirklichen Gefühlen für Robert, und so stand sie mit ihrem Zwiespalt und der Sorge um ihn alleine da.

Pascal holte sich nun auch einen Kaffee. »Bring Maxime das bitte schonend bei, er hat momentan genug Ärger.« Er schüttelte den Kopf und setzte sich auf Amys Platz. »Ich fasse es nicht. Und da verdächtigen die uns?«

Valeska hatte sich wieder etwas gefangen. Die Befragung durch den Inspecteur hatte sie ganz aus dem Konzept gebracht. »Sicherlich müssen die alle befragen, also alle, die irgendwie hier in der Nähe sind oder etwas mit dem Château zu tun haben. Ach, der arme Robert.«

Pascal stieß scharf die Luft aus. »Die sollten die Verdächtigen wohl besser in seiner eigenen Sippe befragen.«

Valeska sah ihn böse an. »Sag nicht so was.«

»Warum denn nicht? Dieser Inspecteur kommt hierher und befragt uns, dabei hat doch jeder von denen da unten ein gutes Motiv.«

Valeska winkte barsch ab. »Ach was. Ich glaube, niemand würde so weit gehen. Das war sicherlich nur ein Unfall.«

28

Scheiße!« Cora setzte sich auf ihr Bett und schlug die Hände vors Gesicht. Was sollte sie jetzt tun? Sie musste irgendwie herausfinden, wie es Robert ging, sonst würde sie keine ruhige Minute mehr haben. Nur wie? In ihrem Kopf kreisten die Gedanken wild umher. Bei den Chevaliers konnte sie ja schlecht klopfen und fragen. Ob man ihr im Krankenhaus Auskunft gab? Vielleicht ging es ihm ja sogar so gut, dass er selbst mit ihr sprechen konnte. Dafür musste sie aber erst mal herausfinden, in welchem Hospital er sich befand. Sie holte zusammen mit ihrem Handy die gesammelten Unterlagen der letzten Tage aus ihrer Tasche und legte sie auf das Bett – die Notizen, die sie für ihren Artikel bei Madame Fuliére gemacht hatte, und auch die alte Zeitung, die sie aus der Bibliothek mitgenommen hatte.

Die Suche im Internet nach Krankenhäusern in Bordeaux brachte einen vielversprechenden Treffer. Es gab eine große Klinik mit einer Notfallstation. Cora wählte die Nummer der Zentrale. Am anderen Ende erklang eine freundliche Frauenstimme.

Cora riss sich zusammen. »Guten Tag, ich würde mich gerne nach einem Patienten erkundigen.«

»Oui, wie ist der Name?«

»Robert Chevalier.« Cora hörte, wie etwas in einen Computer eingetippt wurde. Es dauerte eine Weile, bis die Frauenstimme wieder erklang.

»Oui, der ist gestern hier aufgenommen worden. Sind Sie eine Angehörige?«

»Nein, eine Bekannte. Hat er … hat er vielleicht ein Telefon auf dem Zimmer?«

»Non, Monsieur Chevalier liegt auf der Intensivstation. Leider darf ich Ihnen keine weiteren Auskünfte geben.«

»Danke.« Cora legte auf und starrte auf das Telefon in ihrer Hand. Intensivstation. Das hörte sich nicht gut an.

Es klopfte an ihrer Tür, und ohne abzuwarten kam Pascal in den Raum. Cora schreckte hoch.

»Ich wollte fragen, ob du …« Er sah auf das Telefon in ihrer Hand. »Mit wem hast du gesprochen?«

»Mit meiner Redaktion in London.« Schon die zweite Lüge an diesem Tag.

»Ich wollte heute nach Pauillac, und Valeska sagte, du hattest auch vor, dorthin zu fahren. Da dachte ich …« Sein Blick fiel auf die Papiere auf Coras Bett und auf die alte, vergilbte Zeitung. »Was ist das?«

»Ach, ich hatte für meinen Artikel …« Cora wollte hastig nach den Unterlagen greifen, doch Pascal war schneller. Er nahm die Zeitung zur Hand, auf deren Titelseite das Bild des zerstörten Autos prangte, und wurde leichenblass.

»Wo hast du das her?«, fuhr er sie scharf an.

Cora zog die Schultern hoch und hob die Hände. »Ich … ich …«

Seine dunklen Augen fixierten sie wütend. »Du spionierst rum, Cora! Lass das! Diese alte Geschichte will hier keiner mehr hören.« Er warf die Zeitung zurück aufs Bett.

»Ich wollte doch nur wissen, was damals geschehen ist, eben weil niemand darüber redet.«

Er hob drohend einen Zeigefinger und deutete damit auf sie. »Und das hat auch seine Gründe. Wenn du das jetzt wieder aufwärmst, kommen wir vielleicht alle in Teufels Küche. Belass es einfach dabei. Es war ein Unfall! Und halte dich am besten von den Chevaliers fern. Wenn die herausfinden, dass du schnüffelst, dann …«

»Was dann?«

»Cora, das ist der falsche Zeitpunkt dafür.« Er wandte sich wütend zum Gehen. »Es ist wohl besser, ich fahre heute alleine. Und du solltest dich bei deiner Recherche wirklich auf deinen Artikel beschränken.«

Er ging aus dem Raum und ließ geräuschvoll die Tür hinter sich zufallen.

Na toll! Jetzt war auch noch Pascal sauer auf sie. Das hatte sie ja gut hinbekommen. So wütend hatte sie ihn noch nie erlebt, nicht einmal damals, als er mitbekommen hatte, dass sie mit Robert Kontakt hatte.

Verzweifelt nahm sie ihr Telefon wieder in die Hand. Sie musste mit irgendwem reden. Kurz entschlossen wählte sie Ivys Nummer.

29

Ivy ging bereits nach zweimal Läuten ran. »Hey, wie geht's dir, Cora?«

»Hi, Ivy.«

»Oh, du hörst dich aber bedrückt an. Was ist los? Gibt's Probleme mit deinem Artikel?«

»Nein, das läuft eigentlich ganz gut. Aber …«

»Aber?«

»Hier geht gerade alles durcheinander. Robert hatte einen Unfall, die Polizei war da, und Pascal ist stinksauer auf mich.«

»Langsam, langsam. Was ist passiert?«

Cora seufzte und holte tief Luft. »Also erst mal hatte Robert gestern wohl einen schweren Unfall.«

»Ist das der Typ, der sich das letzte Mal für jemand anderen ausgegeben hat?«

»Ja.«

»Du hattest noch mal Kontakt zu ihm?«

»Ja. Ich hab ihn vor drei Tagen getroffen und hab ihm … Ich war ziemlich gemein zu ihm und hab ihm meinen ganzen Frust an den Kopf geworfen.«

»Na ja, das stand dir ja auch wohl mehr als zu.« Ivy lachte zaghaft.

»Aber gestern gab's einen Unfall auf dem Château, Robert liegt schwer verletzt in der Klinik, und ich hab keine Chance, irgendwie an ihn ranzukommen. Ich bin ja nicht mit ihm verwandt.«

»Äh … warum willst du das denn? Ich denke, du hast ihm die Meinung gesagt, und damit ist es gut.«

»Ach Scheiße, Ivy, nichts ist gut. Ich war eine dumme Kuh! Ich hätte nicht so schroff zu ihm sein sollen.«

»Du hast also ein schlechtes Gewissen.«

»Ja!«, gab Cora kleinlaut zu. »Und jetzt liegt er da, und ich weiß nicht mal, wie es ihm geht, und … und …« Sie schluchzte.

»Ach du lieber Himmel! Du magst ihn also trotzdem?«

»Ja. Ich dachte, wenn ich ihm einmal gesagt habe, was ich über sein Verhalten denke … Ich hatte ja keine Ahnung, dass es womöglich die letzte Chance ist, mit ihm zu sprechen. Ich dachte … vielleicht …«

»Vielleicht dass ihr doch noch mal zueinanderfindet?«

»Ja.« Jetzt heulte Cora.

»Ganz ruhig, Schätzchen. Ach Mann, du gerätst aber auch immer in Sachen. Steht's denn so schlimm um ihn?«

»Das weiß ich eben nicht. Er liegt auf der Intensivstation, und mir gibt man da keine Auskunft.«

»Hm, und jemand anderen fragen oder vorschicken kannst du nicht?«

Cora lachte zwischen den Tränen spöttisch auf. »Nein, wen denn? Seine Verlobte vielleicht?«

»Blöde Situation.«

»Ja.«

»Und warum ist dieser Pascal sauer auf dich?«

»Er hat mich beim Rumspionieren ertappt.«

»Was? Wen oder was spionierst du denn da aus?«

»Das ist eine längere Geschichte. Robert und Pascal waren angeblich mal gute Freunde. Aber das ging wegen eines Unfalls in die Brüche. Das stand sogar damals in der Zeitung. Muss heftig gewesen sein. Und ich wollte herausfinden, was damals passiert ist. Robert hat einen Bruder, den hier alle totschweigen, und überhaupt reagieren alle sehr allergisch auf das Thema Vergangenheit.«

»Na ja kein Wunder, wenn du als Fremde da drin rumstöberst.«

»Ich will aber wissen, was damals passiert ist. Ich … ich denke, wenn da vielleicht noch mal drüber gesprochen wird … Ich meine, wenn die beiden doch einst so dicke Freunde waren?«

»Du meinst, dass die sich vielleicht wieder vertragen könnten?« Ivy klang nachdenklich.

»Das wäre zumindest in allen anderen Belangen sehr nützlich, sonst verliert Maxime vielleicht die Domaine. Und das will, glaube ich, weder Robert noch Pascal.«

»Hm.«

»Aber jetzt läuft alles hier aus dem Ruder.«

»Das höre ich, Schätzchen. Warum war denn die Polizei da?«

»Weil wohl der Verdacht besteht, dass bei dem Unfall jemand nachgeholfen hat.«

»Wie, und die meinen, dass es jemand von dir da – also von dem Weingut, wo du gerade bist – war?«

»Scheint so.«

»Gibt's denn einen Grund, dass die das denken?«

»Ich hab keine Ahnung, was die Chevaliers der Polizei gesagt haben. Aber in letzter Zeit gab es natürlich reichlich Ärger wegen des Landes.«

»Du und die anderen, ihr habt immer noch nicht verkauft?«

»Nein.«

»Ach, das schöne Geld.«

»Ivy!«

»Tschuldigung. Aber zurück zu diesem Robert. Entweder schleichst du dich inkognito in das Krankenhaus und versuchst herauszufinden, wie es ihm geht – was ich dir nicht raten möchte –, oder du findest jemanden, der Zugang zu ihm bekommt.«

»Ja, nur wer?« Cora wischte sich die Tränen aus dem Gesicht.

»Was ist denn mit diesem Bruder?«

»Dem Bruder von Robert?«

»Ja, genau.«

»Ich weiß ja nicht mal, wo der lebt, oder besser gesagt, ob der noch lebt.«

»Dann finde es heraus! Das kann ja nicht so schwer sein. Wenn die restliche Sippe von diesem Château de Mérival so schwierig ist, ist er wohl deine letzte Hoffnung. Vielleicht lebt er ja noch.«

»Meinst du?«

»Hey, so wie es sich anhört, ist jetzt sowieso alles schiefgelaufen. Entweder biegt sich das alles wieder gerade, oder du setzt dich noch tiefer in die Nesseln.«

»Prima, danke, das wollte ich hören«, sagte Cora sarkastisch. Doch gleichzeitig wusste sie, dass Ivy recht hatte. Wenn sie an Robert herankommen wollte, dann sicherlich nur über die andere Seite der Familie.

»Danke, Ivy.«

»Bitte. Pass auf dich auf.«

»Mach ich. Ich melde mich wieder.«

Cora legte auf. In ihr erwachte der journalistische Spürsinn wieder. Es konnte doch wirklich nicht so schwer sein herauszufinden, ob Roberts Bruder noch lebte. Sie tippte nochmals in den Internetbrowser ihres Telefons – »Lucas Chevalier«. Der Ladebalken arbeitete. Sie besah sich die Ergebnisse. Es gab viele Treffer, der Name kam in Frankreich recht häufig vor. Also ergänzte sie ihre Suche um den Zusatz »Wein«. Die Treffer wurden deutlich weniger, und ein Eintrag stach hervor. Es gab an der Universität in Bordeaux einen Lucas Chevalier, der dort irgendetwas mit Wein lehrte. Cora betrachtete sich die Ergebnisse genauer. Das könnte er sein. Was sollte sie jetzt tun?

30

Cora lief wie ein eingesperrtes Tier in ihrem Zimmer auf und ab. Sie versuchte, ihre Gedanken zu ordnen und sich zu sammeln. Sie musste Kontakt zu diesem Lucas aufnehmen, um herauszufinden, ob er der Richtige war.

Sollte sie hinfahren? Nein, das wäre wohl zu aufdringlich. Anrufen? Aber dann brauchte sie eine gute Geschichte. Ihr fiel nichts ein, und wieder lügen zu müssen, behagte ihr nicht. So nahm sie kurzerhand das Telefon, suchte die Nummer von Lucas Chevalier in Bordeaux heraus und wählte sie. Viel zu verlieren hatte sie eh nicht.

Es dauerte eine Weile, bis jemand am anderen Ende dranging. »Hallo?«

Coras Mund fühlte sich plötzlich ganz trocken an. »Hallo? Spreche ich mit Lucas Chevalier?«

»Ja.«

»Entschuldigen Sie die Störung. Haben Sie zufällig einen Bruder, der Robert heißt?«

Cora hörte den Atem des Mannes am anderen Ende der Leitung, doch er schwieg einen sehr langen Moment.

»Ja, habe ich«, kam es schließlich als Antwort.

»Oh!« Cora fiel ein Stein vom Herzen. Er war es wirklich. Doch hier waren ihr Plan und ihr Mut auch plötzlich zu Ende. Wie sollte sie sich jetzt erklären?

»Mit wem spreche ich eigentlich?«, erklang die Stimme wieder.

»Mein Name ist Cora Thompson. Ich bin Journalistin aus England und schreibe momentan an einem Bericht über die Châteaus im Médoc. Ich habe mit Ihrem Bruder in den letzten Tagen einige Male gesprochen, doch … Ich weiß gar nicht, wie ich es sagen soll. Er hatte gestern wohl einen Unfall.«

»Unfall?«, erwiderte Lucas mit leiser Stimme.

»Ja, es tut mir auch sehr leid. Sie haben jetzt sicherlich ganz andere Dinge im Kopf. Ich wollte nur seine Familie hier nicht damit belästigen, und da dachte ich, ich frage vielleicht Sie. Ich wüsste gerne, wie es ihm geht.«

Der Mann am anderen Ende räusperte sich. »Mein Bruder hat mit Ihnen über mich gesprochen?«

Cora musste sich vorsehen, was sie sagte. »O nein, nicht direkt. Er erwähnte nur, dass er einen Bruder in Bordeaux habe.«

»So, hat er das?«

Cora meinte, die Verblüffung in Lucas' Stimme zu hören. Hoffentlich redete sie sich nicht gerade wieder um Kopf und Kragen.

»Ja, wie gesagt nur beiläufig. Und da er nun dort in der Klinik ist, dachte ich, Sie wüssten vielleicht etwas über seinen Zustand.«

Lucas' Stimme wurde bitterernst und fest. »Nein, man hat auch bisher versäumt, mich darüber zu informieren.«

»Oh, das … Ich weiß gar nicht … Das tut mir jetzt leid.«

»Das muss Ihnen nicht leidtun. Das konnten Sie ja nicht wissen. Danke, dass Sie mich angerufen haben. Ich werde mich mal erkundigen. Kann ich Sie dann zurückrufen?«

»Ja, natürlich, das würde mich sehr freuen.«

»Ich melde mich.«

Weg war er.

Cora blieb regungslos im Zimmer stehen. Hatte sie jetzt das Richtige getan oder wieder einen großen Fehler begangen?

Die Zeit zog sich wie Kaugummi. Draußen wanderte die Sonne über die Baumwipfel und beschien die Weinfelder. Es war fast Mittag. Wie trügerisch dieser Frieden an so einem Tag war. Cora legte ihre Hand auf die Scheibe der Terrassentür.

Als das Telefon nach etwas über einer halben Stunde wieder klingelte, zog sich ihr Magen vor Schreck schmerzhaft zusammen.

»Ja?«

»Lucas Chevalier hier.«

»Danke, dass Sie mich zurückrufen. Haben Sie etwas herausfinden können?«

»Ja.«

Cora versuchte, aus seiner Stimme schon irgendetwas herauszuhören, doch das war bei Menschen, die man nicht persönlich kannte, mehr als schwierig.

»Robert liegt hier in Bordeaux im Universitätsklinikum auf der Intensivstation.«

»Wie geht es ihm?«

Lucas Chevalier atmete schwer. »Nicht gut.«

»O Gott, das tut mir leid.« Cora hörte selbst, wie ihre Stimme dabei bebte.

»Die … die haben gesagt, ich soll in die Klinik kommen, wenn … Es könnte sein … um ihn noch einmal zu sehen.«

Cora zog scharf die Luft ein. »Verdammt.«

»Ja, verdammt. Wissen Sie, mein Bruder und ich, wir haben nicht viel Kontakt. Das ist eine lange Geschichte. Aber dass es jetzt so kommt … Ich weiß nicht.«

Cora wusste nicht, was sie sagen sollte. Ihr war eiskalt, und sie spürte, wie sie zitterte. »Und ich war so taktlos, Sie einfach anzurufen.«

»Was heißt taktlos, ohne Ihren Anruf wüsste ich ja nicht einmal, dass …« Er lachte leise auf. »Ich glaube kaum, dass mich meine Mutter rechtzeitig informiert hätte.«

»Tut mir leid.«

Er seufzte. »Es … es ist nur so, dass ich … Ach verdammt, können Sie nicht herkommen?«

Cora war verblüfft. Mit dieser Frage hatte sie jetzt nicht gerechnet.

»Ja, könnte ich.«

»Das wäre das Beste. Die Geschichte ist etwas länger, und in Anbetracht der Situation …« Er machte noch einmal eine längere Pause. »Ich bin ganz allein hier in Bordeaux.«

Cora verstand nur zu gut, wie er sich gerade fühlen musste, und sie hörte an seiner Tonlage, dass ihm das Ganze anscheinend näher ging, als sie gedacht hatte.

»Ich fahre gleich los. Ich bin in ungefähr eineinhalb Stunden bei Ihnen.«

»Danke. Kennen Sie meine Adresse?«

»Ist es die aus dem Telefonbuch?«

»Ja.«

»Dann finde ich das. Bis nachher.«

»Danke«, wiederholte Lucas Chevalier noch einmal, und seine Stimme klang wirklich erleichtert.

31

Cora folgte stur der Wegangabe ihrer Telefonnavigation. Die Tanknadel ihres Leihwagens kratzte schon bedenklich an dem letzten Tropfen Benzin, aber tanken könnte sie auch noch in Bordeaux. Für die Umgebung hatte sie keine Augen, sie starrte auf die Straße und versuchte, sich auf den Verkehr zu konzentrieren. Ließe sie jetzt den Gedanken zu, dass Robert sterben könnte, müsste sie die Fahrt unterbrechen. Schnell versuchte sie, sich abzulenken. Sie spürte, wie ihre Hände verschwitzt am Lenkrad klebten. Dass man Lucas nicht über den Zustand seines Bruders informiert hatte, sagte wohl alles über die Familie aus. Egal, was einst passiert war, das war nicht fair. Immerhin lebte Lucas noch und hatte ein Recht darauf zu erfahren, was gerade mit seinem Bruder geschehen war. Oder war sie wieder ins Fettnäpfchen getreten und hatte sich zu sehr in Dinge eingemischt, die sie nichts angingen? Nein! Sie hatte

Robert zwar nur kurz kennengelernt, aber die sehr intensiven Momente bei ihrem Ausflug zum Leuchtturm Phare de Cordouan hatten sie spüren lassen, was für ein Mensch er wirklich war. Er hatte ein gutes Herz und war eigentlich ein sehr aufrichtiger Mann. Umso mehr hatte sie ja seine Lüge verärgert. Doch inzwischen wusste sie, dass er recht gehabt hatte. Sie hätte andernfalls kein Wort mit ihm gewechselt, und schon gar nicht wäre sie mit ihm am Strand entlanggaloppiert. Diese Lüge war durchaus ein Mittel zum Zweck gewesen. So hatte er ihr zeigen können, wie er wirklich war. Sie musste sich eingestehen, dass er ihr so einige wundervolle Momente geschenkt hatte und sich vielleicht auch. Da unten auf dem Château de Mérival lief einiges schief, dessen war sie sich inzwischen ziemlich sicher.

Der Verkehr wurde zunehmend dichter. Cora brauchte ihre volle Konzentration. Sie fuhr einfach viel zu selten Auto in England. Auf den Landstraßen im oberen Médoc war es das eine, aber hier im Stadtverkehr von Bordeaux das andere. Die Route führte sie einmal längs durch die Stadt. Ihr Ziel lag irgendwo im Südwesten. Zu ihrer Erleichterung wurde hier der Verkehr auch wieder deutlich ruhiger. Sie hatte es wohl gerade noch rechtzeitig vor dem Feierabendverkehr geschafft, die Stadt zu durchqueren. Die Straßen leiteten sie nun durch beschauliche Wohngegenden mit viel Grün. Fast schien es schon wieder ländlich zu werden. Der blaue Punkt, der ihr Ziel markierte, rückte immer näher. Als eine blecherne Stimme aus dem Telefon verkündete, dass sie ihr Ziel erreicht habe, fuhr sie an die Seite und parkte den Wagen. Sie stand vor einem weiß getünchten Bungalow mit rotem Dach. Eine niedrige Mauer friedete das Grundstück ein, und blühende Büsche ließen ihre Zweige über die Mauer und bis hinab auf den Boden hängen.

Cora sammelte sich und wischte sich den Schweiß von der Stirn. Sie hatte keine Ahnung, was sie erwarten würde. Lucas war der jüngere Bruder von Robert, also vielleicht in ihrem Alter. Ansonsten wusste sie rein gar nichts über diesen Mann, außer dass er eine sehr sympathische Stimme am Telefon hatte.

Sie stieg aus dem Wagen und atmete tief die frische Luft ein, aber ihr Herz klopfte dennoch. Sie rief sich noch mal ins Gedächtnis, was sie Lucas am Telefon gesagt hatte – Journalistin, Artikel über Wein. Bloß nicht über seine eigenen Geschichten stolpern. Dann ging sie zur Haustür und betätigte die Klingel.

»Komme!«, erklang es von drinnen.

Die Tür öffnete sich. Cora sah verblüfft auf Lucas Chevalier. Die Ähnlichkeit zu Robert war unverkennbar, die Augen, die Haarfarbe – nur dass Lucas nicht vor ihr stand, sondern saß. In einem Rollstuhl!

32

Hallo!«

»Hallo, ich bin Cora Thompson.«

»Freut mich. Kommen Sie doch bitte herein.« Er bewegte sich mit seinem Rollstuhl etwas beiseite, so dass Cora das Haus betreten konnte. Das Interieur war sehr modern, helle Möbel, viel freie Flächen. Cora schalt sich sofort wegen dieser Feststellung. Natürlich brauchte er viel Platz, um sich frei bewegen zu können.

»Setzen Sie sich doch bitte. Darf ich Ihnen etwas zu trinken anbieten?«

»Wasser. Ein Glas Wasser wäre sehr nett.«

»Kommt sofort.« Er rollte durch einen breiten Durchgang in die Küche, die direkt an das Wohnzimmer anschloss. Cora setzte sich derweil auf die Couch und versuchte, ihre Befangenheit abzuschütteln. Lucas Chevalier kam mit einem Glas Wasser zurück, das er in der einen Hand hielt, während er sich mit der anderen voranschob.

»Bitte schön. Sie sind Engländerin?«

»Ja, ich komme aus London.«

»Auch eine sehr schöne Stadt. Ich war während des Studiums einige Male dort.«

Er fixierte Cora mit seinen blauen Augen. Diese waren eine Nuance dunkler als die von Robert, dafür war sein Haar heller. Im Ganzen hatte er eine sportliche Figur bis auf seine Beine.

»Davon hat Ihnen Robert wohl nichts erzählt?« Er klopfte mit der flachen Hand auf einen der Reifen.

»Nein. Wir haben auch nicht wirklich viel über Sie geredet. Er erwähnte nur, dass er einen Bruder habe.«

»Noch mal danke, dass Sie so aufmerksam waren und mich angerufen haben. Ich …«, er senkte den Blick, »ich habe eigentlich keinen Kontakt zu meiner Familie. Daher hätte mich auch wohl niemand informiert.«

»Das tut mir sehr leid. Ich hoffe, es war richtig.«

Er lachte etwas schief. »Na ja, kommt drauf an, aus wessen Sicht man das betrachtet. Meine Mutter wird Ihnen wahrscheinlich den Kopf abreißen, wenn sie davon erfährt. Haben Sie sie auch kennengelernt?«

Cora hob die Hände. »Kurz, nur ganz kurz.«

»Glauben Sie mir, Sie haben da nichts verpasst.« Er schüttelte den Kopf, dann fuhr er sich mit beiden Händen über die Augen. »O Mann, aber dass das jetzt so kommt. Ich habe Robert seit Jahren nicht gesehen. Wie gesagt, die Geschichte ist sehr lang.« Wieder klopfte er leicht auf das Rad seines Rollstuhls, diesmal allerdings unwillkürlich. »Doch wenn man dann am Telefon gesagt bekommt, man solle sich auf das Schlimmste gefasst machen – das ist schon hart.«

»Möchten Sie denn noch einmal zu ihm? Also ich hoffe ja …« Cora biss sich auf die Lippe. »Ich hoffe ja, dass er sich wieder erholt, aber für den Fall, dass nicht …«

»Sie mögen ihn, hm?«

Cora spürte, wie sie rot wurde.

»Mir können Sie das ruhig sagen. Diese blonde Giftspritze, mit der er verlobt ist, kann ich nicht leiden. Sie hätte mir auch nicht Bescheid gesagt. In deren Kosmos existiere ich im Grunde gar nicht.«

»Ja, ich mag ihn. Wir … wir hatten zwar einen etwas unglücklichen Start – auch eine längere Geschichte –, aber ja, ich mag ihn sehr.«

»Was denken Sie, Cora, sollten wir zu ihm fahren?« Die Frage war ehrlich gemeint, aber so voller Unsicherheit, dass Cora traurig lächeln musste.

»Ja, ich denke, das sollten wir.«

»Gut, dann fahren wir.«

Wenig später saßen sie in Lucas' Wagen. Er war behende vom Rollstuhl auf den Fahrersitz gerutscht, hatte diesen mit wenigen Handgriffen hinter sich auf die Rückbank befördert und Cora auf den Beifahrersitz gebeten.

Lucas fuhr direkt zum Krankenhaus. Im Parkhaus hielt er vor dem Aussteigen kurz inne.

»Ich … ich bin nicht so gerne in Krankenhäusern. Schlechte Erinnerungen.«

Cora schwieg und wartete, bis er bereit war.

Sie brauchten eine Weile, bis sie sich durchgefragt hatten. Vom Empfang schickte man sie durch mehrere Abteilungen und einige Etagen hinauf. Auf der richtigen Station angelangt, mussten sie sich noch mal anmelden.

»Sind Sie mit dem Patienten verwandt?«, fragte eine hochgewachsene, hagere Schwester mit ausdruckslosem Gesicht.

»Ich bin der Bruder, und das hier ist meine Lebensgefährtin.«

Cora warf ihm einen schnellen Blick zu. Sie war wohl nicht der einzige Mensch, der rasche Notlügen parat hatte.

Die Schwester beäugte Cora etwas misstrauisch.

Lucas fügte noch hinzu: »Man sagte uns, dass es wohl sehr ernst sei. Ich … in Begleitung ist mir wohler.«

»Na dann kommen Sie.« Die Schwester winkte sie durch eine Art Schleuse. »Ziehen Sie sich bitte die grünen Kittel von da drüben an, und setzen Sie sich einen Mundschutz auf. Wir können keine Infektionen riskieren.«

Lucas und Cora taten wie befohlen. Es war bedrückend, an den offenen Zimmern vorbeizugehen, in denen Menschen umgeben von Kabeln, Schläuchen und Maschinen lagen. Monotones Piepsen hallte durch den Flur. Schwestern huschten von hier nach dort. Die Reifen von Lucas' Rollstuhl gaben leise Quietschgeräusche auf dem grauen Linoleumboden von sich. Cora fühlte sich, als würde ihr etwas die Luft abschnüren.

»Sie können nur kurz zu ihm, er wird heute Abend noch einmal operiert.« Die Schwester blieb vor einem der Zimmer stehen.

»Ist er bei Bewusstsein?«, fragte Lucas.

»Er öffnet ab und an die Augen. Inwieweit er seine Umwelt wahrnimmt, wissen wir noch nicht. Er hat eine schwere Kopfverletzung davongetragen, mehrere Knochenbrüche an Armen und Rippen, und das Rückenmark und die Lunge sind gequetscht. Er hat Glück gehabt, dass er nicht gänzlich erschlagen wurde. Kritisch ist die Kopfwunde. Die nächsten Tage werden zeigen, ob er … Noch ist sein Zustand kritisch.«

Lucas nickte. »War sonst schon jemand von der Familie hier?«

»Nein.«

In Cora ballte sich ein wütender Knoten zusammen.

Lucas sah zu ihr auf. »Bereit?«

»Ja«, antwortete Cora.

Zusammen betraten sie den Raum. Die Jalousien an den Fenstern waren herabgelassen, und die Deckenbeleuchtung war greller als das Tageslicht. Robert lag ebenso verkabelt wie alle anderen Patienten in einem Bett auf der linken Seite des Zimmers. Ein dicker Verband zierte seinen Kopf. Sein Gesicht war teilweise blau und grün. Der Rest seines Körpers war mit einem Krankenhausnachthemd bedeckt, unter dem diverse Schläuche herausführten. Cora versuchte, nicht zu genau hinzusehen.

Lucas rollte so dicht es ging an Roberts Seite. »Hey«, sagte er leise und legte seine Hand auf die von Robert.

Cora musste schlucken. Roberts Augenlider flatterten, doch seine Augen öffneten sich nicht.

»Was machst du denn für Sachen? Jetzt liegst du hier wie ich damals.« Lucas' Worte waren kaum zu hören.

Wieder flatterten Roberts Augenlider, und diesmal öffneten sie sich einen Spalt.

»Ich bin es, Luc! Robert, alles wird gut. Du musst jetzt genauso stark sein wie ich damals. Das wird wieder!«

Cora sah, wie die Hand von Robert unter der von Lucas ganz leicht zuckte. Sie wollte auch etwas sagen, aber alles, was sie zu sagen hätte, wäre hier fehl am Platz gewesen. Die beiden Brüder in dieser Situation vereint zu wissen war mehr, als sie hätte machen oder sagen können.

Als die Schwester in den Raum schaute und sich leise räusperte, sah Lucas, der noch immer an Roberts Seite saß, kurz zu ihr hin und nickte.

»Wir gehen jetzt, aber wir kommen wieder.«

Nur schwer schien sich Lucas trennen zu können. Auf dem Weg hinaus aus der Station wiederholte er mehrmals: »Der schafft das, der wird nicht sterben.« Und zu der Schwester, die sie zurück in den Schleusenraum brachte, sagte er: »Ich gebe Ihnen meine Nummer. Rufen Sie mich bitte sofort an, wenn es Veränderungen gibt, vor allem, wenn die Operation zu Ende ist. Ich wohne hier in Bordeaux. Der Rest der Familie hat eine längere Anfahrt.«

Die Schwester nickte und notierte sich Lucas' Telefonnummer.

Wieder im Auto, atmete er erst einmal tief aus und schlug dann mit beiden Händen auf das Lenkrad. »Verdammt!«

»Der schafft das, der wird nicht sterben«, wiederholte Cora seine eigenen Worte.

Lucas sah sie traurig an. »Danke, dass Sie mitgekommen sind, selbst wenn das jetzt für Sie auch nicht leicht war.«

»Schon okay, aber jetzt könnte ich was Starkes zu trinken gebrauchen«, gab Cora ehrlich zu.

»Kommen Sie noch mit zu mir. Wir könnten gemeinsam warten, bis es Neuigkeiten gibt.«

Cora verspürte wenig Lust, jetzt zurück bis zur Domaine Levall zu fahren, und so nickte sie nur.

33

Whisky?«, fragte Lucas, als sie wieder bei ihm zu Hause waren.

»Ja, am besten einen doppelten.« Cora ließ sich auf die Couch fallen.

Er rollte zu einem Schrank, der sich als gut gefüllte Minibar entpuppte. »Ich fasse es einfach nicht, dass keiner bei ihm war. Meine Mutter hat sie doch nicht alle, von der blonden Hexe mal ganz abgesehen. Er könnte sterben, und sie bleiben einfach zu Hause hocken, und mir sagt keiner Bescheid.« Er war jetzt sichtlich empört. »Tschuldigung, dass ich Sie mit diesem Familienkram belästige, aber das regt mich fürchterlich auf.« Er kam zurück, stellte zwei Gläser auf den Wohnzimmertisch, nahm die Flasche Whisky vom Schoß und goss beide Gläser randvoll ein. »Madame Thompson.« Er reichte ihr ein Glas.

»Cora«, sagte sie und nahm es.

»Lucas, oder sagen Sie einfach Luc. Cheers!« Er leerte sein Glas in einem Zug.

Der Alkohol brannte in Coras Hals wie Feuer, aber er tat gut nach dem Tag.

Lucas goss noch einmal nach. »Wissen Sie eigentlich, was genau passiert ist?«

Cora zuckte mit den Schultern. »Der Polizist sagte, dass die Scheune über ihm zusammengebrochen ist.«

»Der Polizist?«

»Ja. Heute Morgen war ein Inspecteur auf der Domaine und hat uns alle befragt.«

»Bei den Levalls?« Lucas' Blick wurde sofort misstrauisch.

»Ja, bei den Levalls. Ich wohne dort. Aber lass mich das bitte von Anfang an erklären. Du weißt wahrscheinlich nichts von den Plänen deines Bruders und seines Schwiegervaters?«

»Nein. Was für Pläne?«

Cora holte tief Luft, dann erzählte sie Lucas die ganze Geschichte, angefangen von der Weinprobe in London, ihrem Gewinn, ihrem ersten Aufenthalt, den Kaufabsichten der Ländereien von Pierre Mergot bis zu Roberts Lüge bezüglich seiner Person und dass sie das Gefühl habe, dass er mit all den Entwicklungen auf dem Château de Mérival in Wirklichkeit sehr unglücklich sei. Sie redete bis spät in die Nacht. Die Flasche Whisky wurde fast leer. Zuletzt erzählte sie, dass der Inspecteur gesagt habe, dass der Unfall vielleicht kein Unfall gewesen sei.

»O Mann, ich hatte ja keine Ahnung, was die da treiben. Ich dachte, da ist Friede und Freude, und alle leben in Saus und Braus. Aber Robert nach dem Leben trachten? Wer sollte so was tun?«

Lucas lallte ein wenig, und auch in Coras Kopf drehte sich alles.

»Eins ist klar, Robert muss in Not sein. Wenn unser Vater das wüsste, er würde sich im Grabe umdrehen. Nie hätte Robert das Château aus der Hand gegeben, wenn es nicht einen Grund dafür gäbe. Nur warum? Und dann an diesen Mergot?« Lucas schüttelte den Kopf.

»Ich weiß es nicht. Ich hab ja erst gedacht, er macht das wegen Isabel und der Hochzeit und dem Schwiegervater und so.« Cora fasste sich an die Stirn. Ihr fiel es nicht leicht, noch ganze Sätze zu bilden. »Aber inzwischen glaube ich auch, dass mehr dahintersteckt. Ob er Geldsorgen hat?«

Lucas sah nachdenklich aus. »Keine Ahnung. Ich bekomme zwar wegen dem hier«, er deutete auf seine Beine, »eine gute Apanage von Robert, doch genaugenommen bin ich nicht darauf angewiesen. Ich hab das Geld aber all die Jahre genommen, weil ich sie bluten lassen wollte, nachdem sie mir alle den Rücken zugekehrt hatten. Doch selbst das dürfte das Château kaum in den Ruin getrieben haben.«

Cora wusste nicht, ob es der rechte Zeitpunkt war und ob sie sich am nächsten Tag überhaupt noch daran erinnern konnte, aber sie stellte jetzt die Frage, die ihr schon so lange unter den Nägeln brannte. »Luc, was ist eigentlich damals geschehen?«

»Du meinst, wie ich in dieses Ding hier gekommen bin?«

Cora nickte.

»Darüber redet da hinten in dem Dorf auch keiner, hm? Der gefallene Sohn, im wahrsten Sinne des Wortes.« Er lachte leise höhnisch auf. »Wir waren damals zu viert unterwegs, Robert, Pascal, ich und Felice. Wir kamen von einer Party in Soulac. Es war Sommer, es war heiß, und wir hatten reichlich getrunken. Felice … die schöne Felice. Sie war Roberts Freundin, doch Pascal baggerte an ihr rum. Der baggerte aber alle Mädchen an, und Felice wusste das. Ich … ich war ja nur der kleine Bruder, den Robert immer mitschleppte. Ich war damals erst sechzehn, die anderen schon über achtzehn.« Lucas schaute an Cora vorbei ins Leere. »Wir kamen also von der Party, die nicht schlecht gewesen war, daran erinnere ich mich noch. Pascal ist gefahren, Felice saß vorne neben ihm, ich und Robert hinten. Wir lachten und machten Quatsch. Irgendwann begann Pascal, Felice zu begrapschen. Also nicht böse, so aus Spaß. Er fasste ihr an die Schenkel und machte ein paar blöde Witze. Robert fand das gar nicht lustig und fing vom hinteren Sitz aus an, Pascal zu schubsen. Irgendwie rangelten die rum, dann verlor Pascal kurz die Straße aus den Augen – er war auch betrunken –, der Wagen kam ins Schleudern, und wumm, erwischten wir den Baum mit der Beifahrerseite. Felice war angeblich sofort tot. Ich saß dahinter, schwer verletzt. Pascal und Robert traf es nicht ganz so schlimm.«

»O Gott, wie schrecklich!« Cora hatte sich ja aus den ganzen Informationen schon ihren Reim gemacht, aber es jetzt aus Lucas' Mund zu hören, erschütterte sie zutiefst.

»Ich war monatelang in einer Spezialklinik, danach in der Reha und dann in einer Wohngruppe hier in Bordeaux. Auf dem Château im Rollstuhl – das war undenkbar. Zumindest für meine Mutter. Ich sollte der Sommelier des Hauses werden. Robert hat zwar auch Ahnung von Wein, aber er ist eher so der Typ für das Grünzeug. Was Geschmack angeht, da sollte ich das Zepter in die Hand bekommen. Tja, aus der Traum. Meine Mutter hat das Ganze nie verkraftet. Sie ertrug es nicht, mich im Rollstuhl zu sehen, und hat mich elegant abgeschoben.« Er zuckte resigniert mit den Schultern.

»Das ist ganz schön …«, Cora suchte nach dem passenden Wort, »herzlos.« Ja, das traute sie Catherine Chevalier ohne weiteres zu.

»Nun, ab da lagen alle Hoffnungen bei Robert, und er war augenscheinlich auf dem besten Weg, die Wünsche unserer Mutter zu erfüllen.«

Das Klingeln des Telefons riss beide aus dem Gespräch. Erschrocken starrten sie das leuchtende Display an. Es war inzwischen fast vier Uhr in der Früh.

»Ja, bitte.« Lucas schien schlagartig nüchtern zu sein. »Ja.« … »Okay.« … »Danke.« Er legte auf. »Robert hat die Operation gut überstanden. Noch ist sein Zustand etwas kritisch, aber sie machen jetzt deutlich mehr Hoffnung als noch heute Nachmittag.«

»Oh, Gott sei Dank!« Cora fiel ein Stein vom Herzen.

»Darauf trinken wir aber jetzt noch einen Letzten, okay?«

»Ja.« Cora schob Lucas ihr Glas hin.

»Du kannst übrigens heute gerne auf meiner Couch schlafen.«

»Danke. Fahren sollte ich wohl nicht mehr.«

»Nein, besser nicht. Und«, seine Stimme wurde weich, »wenn Robert das übersteht, dann sollten wir beide mit ihm reden. Ich glaube, du und ich, wir haben ihm einiges zu sagen. Ich zumindest. Diese Nacht hat mir bewusst gemacht, dass ich mich mit ihm aussprechen muss. Er kann nichts dafür, was mit mir geschehen ist und was unsere Mutter mir angetan hat.«

»Ja, das wäre gut.«

»Und du hast ihm auch was zu sagen, denke ich mal.« Er zwinkerte Cora zu.

»Ja, ich werde auch mit ihm sprechen, wenn er wieder gesund ist.«

»Und bitte bevor er diesen blonden Eiszapfen doch noch heiratet!«

»Kennst du Isabel überhaupt?«

»Ihr Ruf eilt ihr voraus, kann man sagen.« Er hob sein Glas. »Auf Robert.«

»Auf Robert.« Cora wusste nicht, ob wirklich alles gut werden würde, aber sie spürte, dass sie in Lucas jemanden gefunden hatte, der auf Roberts Seite stand, egal, was in der Vergangenheit geschehen war.